Fan
ファン文庫

天神さまの突撃モノノケ晩ごはん

著　烏丸紫明

マイナビ出版

お品書き

序幕 004
簡単ほっこりサバ梅お味噌汁 007
これが私の推し『TKG』 079
人を駄目にするお豆腐カルボナーラ 125
じんわり傷心に沁みるお稲荷つくね 167
私を幸せにする天神さまの御むすび 217

天神さまの突撃モノノケ晩ごはん

Tenjin sama no totsugeki mononoke ban gohan

烏丸紫明
Shimei Karasuma

序幕

庭の石灯籠《いしどうろう》の灯《あか》りがゆらりと揺れる。

銀の月の光が、まだ色づくには若い紅葉《もみじ》やその周りに従う緑たち——見事に苔生《こけむ》した庭石や素朴な焼きもののつくばいを静かに照らしている。

室内に入り込む風は涼やかで、あれだけ暑かった夏が嘘のよう。

夏の間、恋焦がれるように待ちわびていた秋は、けれどつれなく——きっと瞬く間にすぎてしまうのだろう。

温暖化などの影響もあって、昔とはかなり様変わりしてしまっているだろうけれど、それでもやっぱり日本の四季は美しい。

木々が鮮やかに色づく秋も、そのあとやってくる静謐《せいひつ》の冬も、楽しみで仕方ない。

「——今年の新米も楽しみだな」

秋の訪れを喜ぶ虫たちの声を聞きながら、コトンと座卓に茶碗を置く。

「ごちそうさまでした」

今宵も、大満足の夕食でした。

しっかりと両手を合わせて、頭を下げる。

それに応える声は――ない。

かつては『うなぎの寝床』などと揶揄《やゆ》された京町家だが、それでも一人暮らしには広すぎる。

広い和室にポツンと置かれた座卓に、ポツンとたった独り座って食事をするさまを、寂しいと言わずになんと言おうか。

けれど――それでいい。

賑やかさも、温かさも、優しさもいらない。

この美しさだけがあればいい。

うっとりするほど美しいこの家で、独りで生きていたい。

誰ともかかわらず、たった独りで。

そんな――夢のない夢を見ながら、虫の音《ね》に耳を澄ます。

自分に語りかける声は、それだけだったから。

簡単ほっこり
サバ梅お味噌汁

相良愛《さがらちか》は憂《うれ》いていた。

「ああ、疲れた……」

玄関――紅殻格子《べんがらごうし》の引き戸を後ろ手に閉めて、しっかりと鍵をかける。

そして、数歩先の中戸《なかど》と呼ばれる板戸を開けた途端、帰ってきたという安堵感から盛大なため息がもれてしまう。

「もう本当に嫌。人とかかわりたくない。独りで生きていきたい……」

愛なんて名前だけれど、人の愛やら情やらほど信用ならないものはないと思う。

それは簡単に形を変えて、消える。同調しなかっただけで、昨日までの友達が自分を虐《いじ》める敵になるように。保身のためならば、ついさっき感謝を述べたその口で、恩人を売ることができるように。

母であるより女でありたいと願った瞬間、母にとって自分が邪魔でしかなくなったようにだ。

最初から独りであれば、人とかかわりさえしなければ、煩《わずら》わされることもないし、傷つけられることもない。

だから、独りがいい。

そのほうがラクでいい。

しかし、独りでいると、この人は〝誰も一緒にいてくれない〟んだ。ということは、どこか〝問題がある人〟なんだという解釈をされることが往々にしてある。

学校や会社など、〝組織の中〟では、とくにだ。

好んで独りでいるのだと説明したところで、〝問題のある人〟が〝変わった人〟へと変化するだけで、決して好意的に受け取ってはもらえない。

『相良さんは協調性があらへんから心配やわ』

入社した時からお世話になっている先輩も、近く寿退社されるということもあって、ここのところ毎日、口癖のように言う。

『うちがおらんくなっても、ちゃんとやっていける？　大丈夫？』

協調性を〝多数派に合わせること〟だと認識しているのなら、そりゃ心配だろう。

(いったい何度、先輩の前に辞書を突きつけてやりたくなったか……)

協調性とは、決してそういう意味ではない。

正しい意味でなら、決して自分は〝協調性がない人間〟ではないと思う。

(心配してくれるのは嬉しいよ。先輩のおかげで一人前になれたとも思ってるし、感謝はしきれないほどしてる。悪気があって言ってるわけではないことだって、ちゃんとわかってる)

先輩が本当に良い人だからこそ——自分のことを心底心配してくれているからこその言葉だ。だから口ごたえなどは一切せず、笑顔で「頑張ります」と言い続けているし、最後までそうするつもりだ。

しかし、それはやっぱりとても疲れることで——だからどうしても思ってしまう。

人づきあいさえなければ、もっと楽しくラクに生きられるのに、と。

「たった独りで、ここから出ることなく、生きていけたらいいのに……」

昔ながらの美しい京町家。玄関から中戸を通って裏庭に続く勝手口へ一直線に伸びる土間は、『ハシリ』と呼ばれる。

石畳のハシリをうっとりと見つめて、先ほどとは意味合いの違うため息をついた。

(本当に、ずっとこの美しい家に籠《こ》もっていたい……)

北野《きたの》天満宮《てんまんぐう》——天神さんのほど近く。三年前の初春、ずっと行きたかった天神さんの梅花祭《ばいかさい》に参加できた時のこと。多くの観光客が行き交う通りから一本入った場所に在るこの家を見つけた。

最近よく見かけるようになった、古い町家をフルリノベーションしたデザイン性と機能性を両立したおしゃれ物件ではない。最低限のリフォームをしたのみで、ほとんど当時のままの姿を維持している、それ。

築八十年はゆうに経っているだろう。重厚な歴史を感じさせる佇《たたず》まい。時代の移り変わりを、生活の変革を、そして変わらない人の営みを見守ってきた厨子二階の京町家。

色褪せた紅殻格子の引き戸に、出格子《でごうし》。折りたたみ式のベンチ――ばったん床几《しょうぎ》も、流れるような曲線を描く、竹製の犬矢来《いぬやらい》もしっかりと残されている。

二階の天井の低さと、虫籠に似ているからと名付けられた、特徴的な虫籠窓。

そして、すっきりと美しい一文字瓦《いちもんじがわら》。

一目見て、心奪われた。

気がついた時には、「空家」と大きく書かれた看板の片隅に記載されていた不動産屋の電話番号に、連絡していた。

どうしても、室内を見たい。

そして叶うならば、ここに住みたい。

貸し物件でも売り物件でもないから紹介できないと言う不動産屋さんを説き伏せて、所有者に連絡をつけてもらい、何度も頼み込んで家の中を見せてもらった。

見たら――ますます惚れてしまった。

ああ、なんて素敵な家だろう！

美しい石畳のハシリ。そこには、漆喰《しっくい》で塗り固められた竈《かまど》──『おくどさん』が。そのままハシリに沿って中戸を入って、すぐ右側には板の間の『カミダイドコ』が。その一枚壁を隔てて『ダイドコ』に続く。

カミダイドコのさらに奥は、六畳の『中間《ナカノマ》』。それも、昔間《しゃくま》畳の。今の一般的な江戸間や団地間ではなく、京都で多く使用されている京間でもない昔間。だから、六畳と言っても普通のマンションの八畳以上の広さだ。

そして、ハシリに沿ってナカノマの奥──ダイドコの隣には、『オク』と呼ばれる奥座敷が。同じく、昔間畳の六畳。

年季の入った柱も、伝統的な模様が描かれた襖《ふすま》も、何もかもが美しい。

所有者の祖母が二年前まで住んでいた家らしく、遺品を片づけたあとはそのままになっていたそうだ。

家を人に貸した経験がないと、何をどうすればいいかわからないと困惑する所有者にさらに何度も何度も頭を下げて、貸していただいた。

『そんなに気にいったん？　ほんまにけったいなお人やねぇ』

所有者はそう言いつつ、最後には嬉しそうに笑った。

実は、受け継いだもののどうしていいやらわからず、持て余していたのだそうだ。

（そうだ。その時も「変わってる」って言われたんだった）

愛は小さく肩をすくめ、靴を脱いでカミダイドコに上がった。そのままナカノマへ。部屋を突っ切り、押し入れの襖を開ける。

「いいけどね。変人扱いされたって」

それでも、この家に住めたのだ。一度断られて引き下がるのが普通なのだとしたら、自分は変人でいいと思う。普通の人では、この家に住むことはできなかったわけだから。

「ああ、もう素敵……」

この家に住んで、もう三年以上になるが、毎日思う。

押し入れの中には、長年使い込まれて飴色になった古い箱階段。

箱階段とは、簡単に言うと、人が上り下りしてもまったく問題ない強度で作られた、階段状になっている木製の戸棚だ。

明治期に町家などで多く用いられたもので、今ではなかなか見られない。

足を載せるとギシリと鳴く。それがたまらなく好きだ。

箱階段で二階へ。ナカノマとオクの上にあたる二間は完全なプライベートスペースだ。

足もとの位置にある虫籠窓。そちらへ向けて、急勾配で急激に低くなってゆく天井。

すべてがお気に入りだ。

ここに帰ってくると、やっとラクに呼吸ができる気がする。

愛は小ざっぱりした作務衣《さむえ》に着替えて、ソムリエエプロンに似た短い前掛けを手に、再び階下へと下りた。

「さて、ようやく楽しい時間……！」

心が弾む。ダイドコへとゆく足取りも軽い。

ダイドコという名前だが、本来の用途は台所ではない。ダイドコは今でいうダイニング。そして、『カミダイドコ』は居間――リビングだ。

でも、この家は違う。前の持ち主がダイドコの三分の二を文字どおりの台所に、カミダイドコを板の間に改装している。

最初に台所へと姿を変えてしまっているダイドコを見た時は驚いたし、ハシリにあるおくどさんは飾りなのかとがっかりしたけれど、話を聞いたらそうではないらしい。

前の持ち主である大家さんのおばあさまは、亡くなる直前までおくどさんでごはんを炊いていたらしい。竈で炊いたごはんに敵うものはないと。

だから、おくどさんは現役で使えるとのことだった。

それを聞いて、どれだけ嬉しかったか。

「さぁ、やるぞー！」

冷蔵庫の中からボウルを出し、冷たい水でゆっくり浸水させたお米の状態を見る。割れることもなく水を含んで真っ白になったお米を羽釜《はがま》の中へ入れて、続いて綺麗なお水をきっちり量って入れる。それを持って、ハシリへ下りる。

羽釜をおくどさんにセットし、軍手をしてからおくどさんの横に積み上げられた薪《まき》と火付け用の小枝をつかみ取った。

羽釜の下——竈底に細い小枝をポキポキ折りながら盛って、その上に太い薪を置く。今日は四本。

そして、小枝の下に新聞紙を潜り込ませ、火をつけたマッチ棒を放り込む。

すると、指先ほどだった小さな火が、瞬く間に新聞紙を呑み込んで大きくなる。

新聞紙から小枝へと火が移り、さらに燃え上がってゆく。煙が立ちはじめ、焚口《たきぐち》からもくもくと天井へとのぼってゆく。愛はうっとりしながら、それを目で追いかけた。

「ああ、すごいな……」

ハシリの上部は、『火袋《ひぶくろ》』と呼ばれる吹き抜け空間となっている。もちろんそれは、炊事の際の熱気や煙を逃がすためにある。今の換気扇の役割をするものだ。

吹き抜け空間を行き交う太い見事な梁《はり》も、壁も、柱も、長年煙に燻《いぶ》されて、真っ黒になっている。毎日毎日、ここで煮炊きをしてきた証拠だ。

それは、この家のたしかな歴史だ。大正、昭和、平成、令和と——時代をまたいで、変わらぬ営みを続けてきたからこそ、生まれる味。

そこに、また煙がのぼってゆく。さらにその歴史を深めるがごとく。

その光景が、とても好きだ。

「……綺麗……」

休前日と休日は、おくどさんでごはんを炊いて、一週間分のお弁当と朝食と夕食分に小分けして冷凍する。さらに一週間分の常備菜を作って、冷凍・冷蔵でストックする。

それが、愛のささやかな楽しみだったりする。

しかし、それを誰かに話したことはない。

言えば、「それだけ？」だとか「それの何が楽しいの？」だとか「ほかのことに興味ないの？」などと返ってくるのがわかっているからだ。

大学時代——なんてことない雑談中に「休みの日には常備菜作りを楽しんでいる」と話したのに対し、あとで「あれって絶対、自分は家庭的な女ですアピールだよね～」と言われていたのを知ってしまって以来、絶対に言うもんかと心に決めている。

人の目を気にしているわけじゃない。どう見られようが、それは構わない。

ただ、好きなことを馬鹿にされるのだけは我慢がならないから。

「あ、きたきた」

火が大きくなってきたのを見計らって、火吹き竹で焚口から空気を送る。

それによって、中の炎が大きく、強く成長してゆく。赤々と燃えるそれを見つめて、さらに吹く。

パチンと大きな音を立てて、小枝が爆《は》ぜた。

「…………」

躍る炎は、本当にずっと見ていられる。美しくて、温かくて、心を鎮めてくれる。

愛はおくどさんの火を見つめたまま、そっと息をついた。

理解できないなら、できないでいいのに。

自分がそう思わないのも、それは自由だと思う。

ただ、理解できないから、自分の嗜好とは違うからといって、相手のそれを変だと批判する意味がわからない。変わっているなどと嗤《わら》うのも。

多くの人間が共感できるものを、好きでいなければならないのか。

百歩譲って、それが〝普通〟だと言うなら、それでもいい。

だったら、〝普通〟でなければいけないと、誰が決めたのだろう？

〝普通〟でない人を否定したり、嗤ったりしていいと、誰が言ったのだろう？

おしゃれなデザイナーズマンションより、昔ながらの京町家に住みたい。

便利な最新調理家電より、古いおくどさんにときめくし、使いたい。

写真映えするカフェより、情緒のあるお茶屋さんに行きたい。

ハイブランドのルームウェアより、だんぜん作務衣。

みんなとワイワイ騒ぐより、独りでいるほうが好き。

「みんなでパンケーキを食べに行くより、ネットやゲームをするよりも、おくどさんでごはんを炊くのが、独りでもくもくと常備菜を作るのが楽しくて、何が悪いの……」

理解してくれなくたっていい。ただ否定しないでほしい。それだけなのに。

けれどその願いは、多くの場合叶わない。

だから、ついつい隠すクセがついてしまった。

愛想笑いをして、サラリとかわす。話題をすり替える。答えをはぐらかす。

そのようにあらかじめ防衛線をしっかりと築いて気を張っているのもあって、誰かと一緒にいる時間が面倒臭くて仕方がない。

「……人間って疲れる」

やれやれとため息をついたその時、羽釜の蓋の隙間から白い湯気が勢いよく噴き出しはじめる。

「ああ、沸騰したな……」

愛は気を取り直して、火ばさみを手に取って、それを焚口に突っ込んだ。

やめよう。今は。好きなことを思う存分できる時間だ。思いっきり楽しもう。

これを楽しみに、この一週間頑張ってきたのだから。

「鬱々しながらやっても、美味しいごはんには仕上がらない……！」

大きな薪を二本抜き、鉄製のちりとりへ。その上で叩いて割る。さらに内部に残った薪も叩いて崩して、火を弱める。

ここの火加減は、かまどごはんの要。慎重に炎と薪の状態を見ながら、竈内の温度を見極める。

「こんなところかな？」

理想の火加減を作り上げて、思わずにんまりする。このまま十五分。

そして、ちりとりに出した薪はカミダイドコに置いてある二つの火鉢へ分けて入れて、五徳と呼ばれる三本脚の鉄の器具を炭火の上に設置、一つには水の入った鉄瓶を、もう一つにはダイドコから持ってきたお出汁《だし》の入った雪平鍋を置く。

「今日のお味噌汁は、大根の皮とわかめとお豆腐！　そして、お味噌は麦味噌！」

美味しい炊き立てごはんには、おかずなんていらない。ごはんそのものが御馳走だ。

だから、献立はとにかくシンプルに。お味噌汁と香のもの、ただそれだけ。

「香のものは、大根と白菜の浅漬けとキュウリの糠漬け。あ！　山芋の山葵《わさび》醤油漬けが少し残ってたかな？　それにしよう」

雪平鍋の中身が沸いたら一旦火から下ろし、ダイドコへ持って行って、お味噌を溶く。そしてまたハシリに戻って来て、火鉢の上へ。沸騰直前まで火を入れる。

そしていいころあいになったら、ダイドコに持って行って、コンロの上で休ませる。何度も、昔の炊事場――ハシリと、今のキッチンであるダイドコを行ったり来たり。

ハシリは石畳の土間のため、そのたびに草履《ぞうり》を履いては脱いでの繰り返し。

普通は使いにくいと言われるのだろうが、この両方使っているからこその面倒臭さが、愛にはたまらない。心から好きだと思う。

ダイドコで香のものを皿に盛りつけ、お茶碗とお汁茶碗に湯呑を用意して、再びおくどさんの前へ。

羽釜の近くに顔を寄せると、中からチリチリと小さな音が聞こえる。あと少しだ。

期待に胸が膨らむ。上手く、そして美味く、炊けていますように。

「明日の常備菜作りはどうしようか。スーパーの品揃え次第だけど、せっかく秋だし、さつまいもで一品作りたいかも。レモン煮やオレンジジュース煮なんてどうかかな？　色どりもいいし。きのこ系はマストだよね。茄子もいいな。いや、待て。南瓜《かぼちゃ》という手もあるぞ」

さて、どうするか。愛は腕を組んで、うーんと火袋を見上げた。

実りの秋だ。料理したい食材も、食べたい料理もたくさんある。でも、それを食べる人間は、愛一人。ある程度シビアに絞らなければ、食べ切れない。

「チンゲン菜はどうかな？　ズッキーニも捨てがたい。あ、大葉もいいな」

あれもこれもとどんどん出てきて、選べない。やっぱり、スーパーの値段との相談になりそうだ。

「先週の緑の常備菜は、ほうれん草と水菜だったから、今週はピーマンにしようかな。ああ、久々に焼きびたし食べたいかも。あとは、ちくわと一緒にきんぴらとか？　あ、肉詰めもいいかも。パプリカと一緒にマリネもいいよね」

あれこれ考えるだけで、楽しい。心が躍る。――楽しい。

「おっと……そろそろかな？」

羽釜に再度耳を近づけると、チリチリという音がパチパチという音に変化している。

愛は薪の上にある藁《わら》を手に取ると、焚口から中へ放り込んだ。

一拍置いて、火が勢いを取り戻して一気に燃え上がる。

「一、二、三、四、五……」

十秒カウントしたら、火ばさみで薪を叩いて完全に崩し、それをすべて掻き出して、手早く火消し壺の中へ。ごはんはこのまま蒸らしだ。

羽釜の蓋の隙間から漂う湯気がなんとも甘くて香ばしくて、思わず頬が緩む。早く白く艶めくごはんを拝みたいけれど、ここはじっと我慢の子。蒸らしは大事。

「赤子泣いても蓋取るな、だもんね」

うきうきワクワクしながら呟いた――その時だった。

「ほう。若いのに、よくわかっているではないか」

「ッ――!?」

なんの前触れもなく唐突に、ハシリに男の声が響く。愛はビクッと身体を弾《はじ》かせて、慌てて視線を巡らせた。

「な、何……？　今の……」

声が、ものすごく近かった。

通りの声が聞こえたという感じではなかった。まるですぐそこにいるかのような。

それを肯定するかのように、スラリと中戸が開く。

愛は身を震わせ、大きく目を見開いた。

「なっ……」

そこは、小袿《こうちぎ》姿のひどく美しい男が立っていた。

複雑に美しく結い上げてなお腰あたりまでもある、絹糸のような白髪。抜けるように白い肌。瞳に影を落とす繊細な睫《まつげ》毛も潔白。

けれど、その双眸《そうぼう》は、燃えさかる炎のごとき情熱を宿した紅玉。

鼻筋は通っていて、頬も引き締まっていて精悍《せいかん》。整いすぎているせいか男臭さはなく、顔つきは花のように柔和だ。だが、中性的なわけでも女性らしいわけでもない。そこはしっかり、男性。平安時代の姫君の日常着である小袿姿なのにだ。

「…………」

愛はごくりと息を呑んで、後ずさった。

人形のように整った容姿で女性の装いをしているのに、男の色香をこれでもかと感じさせる。そのアンバランス感に言葉が出ない。

ただ、ただ、美しい。

華やかなのに、軽薄な感じは一切しない。艶《あで》やかなのに、下品な派手さもない。壮絶な色香を漂わせているのにもかかわらず、まだ何者にも肌を許していない少女のような凜《りん》とした清らかさもある。

そんな——あらゆる美しさを凝縮したような男だった。

神々しいと表現するにふさわしい神秘的な美貌に、恐怖も忘れて見入ってしまう。

「邪魔するぞ」

呆然としたまま言葉もない愛を見つめて、男は唇の両端を持ち上げた。

「つい、入ってきてしまった。それに惹かれてな」

手に持っていた檜扇《ひおうぎ》で、おくどさんを示す。

「それを寄越せ。俺は腹が減っている」

「は……？」

これを？

意外な言葉に、ポカンとしたままおくどさんと男を交互に見る。

「ごはん、を……？」

「そうだ。その〝御馳走〟をだ」

男が頷いて、赤と紫の綾紐で飾られた檜扇を口もとに当てて鮮やかに微笑む。

〝御馳走〟

その言葉に、心臓がトクンと音を立てた。

（かまどごはんを〝御馳走〟って……）

もちろん愛にとってはそうだ。しかし多くの人にとっては違う。おくどさんで丁寧に炊いた白いごはんを〝御馳走〟と感じる人は、どれだけいるだろう。

人間ではないのかもしれないが。

自然とそう思ってしまうほど——人間ではありえないほどに、その男は美しかった。

「怖いほど綺麗」という言葉を聞いたことがあるけれど、真に突き抜けた究極の美は、相手に恐怖すら抱かせないのだと知る。

だからだろうか？　素直に嬉しいと思ってしまう。断りもなくいきなり入って来て、「寄越せ」などと要求されているのに、だ。

「……蒸らし時間がまだです」

だからなのだろう。「誰だ」でも「出て行け」でもなく、そんな言葉が口をついて出てしまう。

「もちろん、待つとも。急《せ》いてはせっかくの御馳走が台無しになってしまう」

男はそう言って、愛を見つめたままおもしろそうに目を細めた。

「さほど驚いた様子はないな。騒いだりはしないか。こちらは助かるが」

「……それは……」

「まぁ、お前はそうだろうな」

「っ……」

すべてを見透かしたかのような意味深な言葉に、目を見開く。

言葉を失っていると、男はこれまた意味ありげに笑って、再び檜扇でおくどさんを示した。

「米はなんだ?」

「……山形県産の雪若丸ですけど」

「む。知らんな」

「新しい品種なので。だけど、デビュー後すぐに特Aを受賞した、美味しいお米です」

特Aとは、『米の食味ランキング』の評価での最上ランクのこと。

そして『米の食味ランキング』とは、農産物の品質検査を手がける財団法人、日本穀物検定協会が毎年発表しているもので、平たく言えばお米の美味しさをランクづけしたもの。

毎年収穫後の秋から年明けにかけて、二十名の専門家が銘柄を隠して炊いた白飯を見た目・香り・味・粘り・硬さなどから総合評価する。

特Aは、基準よりもとくに良好なもの。つまり、美味しいお米だ。

とはいえ、人には好みがあるため、特Aといえど口に合うかどうかはその人次第。

『雪若丸』は、『つや姫』の弟分として二〇一七年に生まれたお米で、しっかりとした硬さが特徴だ。嚙むとわりと粘りがあり、甘さも強めだけれど、味はあっさりと上品。どんなおかずも引き立ててくれる。

最近では一番のお気に入りだ。

「かしこまる必要はないぞ。ラクにしろ」

そう言いながら、男が勝手にカミダイドコに上がる。色鮮やかで美しい小袿の裾は、平安時代の姫君よろしく完全に引きずっているが、汚れが一つも見当たらない。

本来ならば、汚れた姿で室内に上がるなど言語道断だが、外を歩いてきたはずなのに汚れやシミどころかチリ一つついていない妖しさに、言葉を吞み込んでしまう。

（やっぱり、この美しいモノは……）

人間ではないのかもしれない。

だとしたら、どうするべきなのだろう？

「ああ、そうだ。俺は喉も渇いている。先に茶をくれないか」

「…………」

微笑みながらそれだけ言って、男はさっさとナカノマを通ってオクへと入ってゆく。

愛はそっと息をついて、火鉢の上の鉄瓶を持ってダイドコへと戻った。

湯を湯呑に入れて、番茶を入れた急須《きゅうす》に移す。客などめったに来ることがないため、おもてなし用のいい茶葉は買い置きがない。これでもいいだろうか？

せめてもと思い、お気に入りの朝日焼の茶碗と豆皿を戸棚から取り出す。月白釉《げっぱくゆ》の青白い優しい輝きが、なんとも美しい。

冷蔵庫から香のものを出して、素早く切って豆皿に盛りつける。急須から茶碗へとお茶を注ぎ入れ、その盆を手にダイドコからオクへと続く襖をそっと開けた。

オクは京町家における一番格式高い部屋で、床間や床脇が設《しつら》えられている。床間に掛けられた水墨画の掛け軸を背に——つまりちゃっかり上座に腰を下ろしている男に内心ため息をつく。嫌なわけではないけれど、大好きな家で我がもの顔をされるのもどうかと思うし、でもものすごく絵になるだけに、なんだろう？　複雑な気分だった。

「おお、美しいな！」

座卓にお盆ごと出すと、男が目を輝かせる。

「長茄子の浅漬けとキュウリの糠漬け、みょうがの甘酢漬けです」

「野菜の色が器に映えるな。これは朝日焼だろう？」

「よくご存じで」

「それはこちらの台詞《せりふ》だ。朝日焼は、約四百年前の慶長の時代に、京都府は宇治市で生まれた焼きものだ。あの太閤豊臣秀吉も絶賛したという逸話が残っている。そして江戸時代の初期には、『宇治茶』と『茶の湯』の発展とともに隆盛を極めた」

すらすらとまるでよどみなく言って、男が満足げに目を細める。

「自然の風合いが魅力的で、俺は好きだ。これを知っているとは、お前は若いのにセンスがいい」

「それは、どうも」

みょうがの甘酢漬けを一つポンと口に放り込んで、男がさらに微笑む。

「うん、美味いな。シャキシャキとした歯ごたえと、鼻に抜ける清涼感……そしてこの甘酸っぱさがいい」

「よかったです」

「茶請けとして最高だ。次は、玉露を買っておくんだぞ」

「…………」

次があるの？

思わず眉をひそめたものの、訊き返して「当然だ」などという答えが返ってきても面倒なので、こういうのはさらっと流してしまうに限る。

愛は男を見つめて、まったく別のことを口にした。

「それで、あなたはなんですか？」

「……！」

思いがけない言葉だったのか、楊枝《ようじ》を持つ手が止まる。

男は愛を見上げると、意味ありげに唇の両端を持ち上げた。

「俺か？　俺は耀《かがや》く夜と書いて耀夜《かがや》と言う。耀くの字は美しい鳥が羽ばたくほうの光り耀くだ。一糸乱れぬのほうではなく」

「一糸乱れぬ……？　ああ、そうか」

『輝く』のつくりは軍だからか。

なるほどと頷くと、男――耀夜が「耀夜さまと気軽に呼ぶがいい」と言う。

愛は小さく肩をすくめた。どういう反応をしたらいいのかわからない。
と言うか、そもそもそういう意味の質問ではなかったのだけれど。

（もしかして、はぐらかされたのかな……）

意図してやったのか、それとも単純に質問の意味をつかみそこねたのか、いったいどっちだろう？

「………」

気にならないわけではないけれど、訊いたら訊いたで面倒臭そうだ。

（深くかかわらないほうがいい）

そして、きっと逆らわないほうが面倒も少ない。人間でないモノならばなおさらだ。怒らせて得になることがあるとは思えない
今のところ、害意があるようには見えない。ごはんを食べたがっているだけなら、素直に御馳走して、さっさと出て行ってもらうのが一番いいだろう。

愛はダイドコに戻って、戸棚からごはん茶碗とお椀を二つずつ出した。

京焼清水焼の――花結晶のお茶碗。桜色から白へのグラデーションが美しいものと、その翡翠《ひすい》色バージョンの二つ。

窯焼の際に溶け、冷却する過程で結晶が出る特性を持つ結晶釉を利用し、その中でも、とりわけ結晶が大きくなったものを『花結晶』という。花結晶は偶然が生み出す模様のため、二つとして同じものがない。

学生時代に、『清水焼の郷まつり』で衝動買いしたものだ。

もう一つ、透きとおるような翡翠色の平皿を出して、手早く香のものを盛りつける。

当初の予定どおり、大根と白菜の浅漬けとキュウリの糠漬け、山芋の山葵醤油漬けだ。

「よし……！」

あとは、箸に箸置き、サッと水にくぐらせた木のお櫃《ひっ》としゃもじを大きな盆に載せる。

そして、その盆とコンロの雪平鍋を手に、ハシリへと下りる。カミダイドコの火鉢に雪平鍋を、傍らの台にお盆を置いて、おくどさんの前へ。もういいころあいのはずだ。

「……！　ああ……」

羽釜の蓋を開けると、閉じ込められていた蒸気がもうもうと立ちのぼる。炊き立てごはん特有のふんわり甘い香りに、ついつい顔がにやけてしまう。

厚手のミトンを手につけて、水にくぐらせたしゃもじを持って中を覗き込む。数滴のにがりを入れて炊いたごはんは粒がしっかりと立っていて、艶めかしさを感じるほどつやつやだ。

ふっくらと見事に炊き上がったごはんの粒を潰してしまわないように、しゃもじをしっかり立てて「心」という字に切り込みを入れて、そのまま釜底からひっくり返してほぐす。おこげの色も素晴らしい。今日はものすごく上手く炊けている。

「最高……！」

一粒一粒真珠のように輝いているごはんをお櫃の中に入れて、しっかりと蓋をする。そうこうしているうちに、お味噌汁がもう少しというところまで温まる。

愛はそのお盆を手に、オクへ。座卓の上にそれらを置くと、すぐさま戻って、今度は鍋敷きと雪平鍋を運ぶ。

すべてが今、最高の瞬間だ。

「おお……！」

座卓の上に並んだ御馳走に、耀夜が目を輝かせる。

ごはんとお味噌汁を器によそって差し出すと、耀夜は恭《うやうや》しく受け取り、大切そうに目の前に並べて手を合わせた。

「いただきます」

そっと目を閉じて、軽く頭を下げる。食材に、料理に、料理人に――最大限の敬意と感謝を込めて。

数秒して頭を上げると、完璧な作法で箸を手に取る。

まさかそんなことをしてもらえるとは思っていなかった愛は、ポカンとして耀夜を見つめた。

「ん？　なんだ？」

「あ……いえ、別に……」

慌てて首を横に振るも、耀夜はすべてを見透かしているかのように「ああ、そうか。嬉しかったのか」とニヤニヤしながら言う。愛はムッと眉を寄せた。

「そんなわけないでしょう。ごはんを強奪されているのに」

本当はとても――これ以上はないというほど嬉しかったのだけれど。

しかし、それを素直に認めるのは、なんだか癪《しゃく》だった。

「そうか？　それとこれとは別の話だろう。『いただきます』や『ごちそうさま』を言ってもらったことなどほとんどないだろう？　それは嬉しいものなんじゃないのか？　料理を嗜《たしな》む者としては」

「は？　なんでそんなこと知ってるんですか？」

「ああ、やっぱりそうなのか」

――しまった。ついうっかり正直に白状してしまった。

さらに眉間にしわを寄せると、耀夜が「そうむくれるなよ。少しからかっただけじゃないか」と言う。もう一度言うけれど、ごはんを強奪されているのだ。このうえなぜ、からかわれまでしなきゃならないのか。

「しゃっきりと立った一粒一粒がつやつやと輝く真っ白なごはんと、それを引き立てるお漬けもの。そして、ほかほかのお味噌汁。ああ、これほどの御馳走があるだろうか。いや、ない。これぞ、至高だ」

うっとりとそう言って、耀夜がお味噌汁を口にする。

「ああ、沁みるな……。細胞の一つ一つが喜ぶのがわかる……」

愛は肩をすくめると、気を取り直して、両手をしっかりと合わせた。

「具は大根の皮を使っているのか。いい食感だ。豆腐は切らずに崩して入れているのだな。これははじめて見たが、よくあるのか？」

「さほど珍しくはないと思いますけど。だけど、やっぱり切って入れたほうが見栄えは格段にいいので、外ではあまり見ませんね。家庭のお味噌汁って印象です」

そう言って、一口啜《すす》る。

美味しい。今日も上出来だ。

「木綿豆腐を手でちぎってキッチンペーパーで水切りしてからお味噌汁に入れるので、よくお出汁が染み込むんです。個人的に、これが好きで……」

「そうだな。美味い。これは気に入った」

「そうですか」

「三種の具材、それぞれ食感が違って楽しいな。美味い」

あまりに耀夜が「美味い美味い」と言うので、何やら居心地が悪くなってくる。褒められ慣れていないからだろう。なんだかとてもむず痒い。

「さて、めしだ」

続いて、白いごはんもパクリ。

かしこまっている感じはしない。リラックスして食事を楽しんでいるように見えるが、それでもその作法は見惚れるほど綺麗だ。

「うん、美味い！」

耀夜がぱぁっと顔を輝かせる。

「ふっくらしていて、もちもちだ。しかし、しっかりと粒立っていて歯ごたえもいい。甘さは強めだが上品だな。やはり白い米はいい。これほど美味いものはない」

もう一口、今度もしっかり噛んで味わう。それだけで、本当にごはんが好きなのだとわかる。

「漬けものは……」

「大根と白菜の浅漬けとキュウリの糠漬け、山芋の山葵醤油漬けです」

「ああ、なるほど。この大根の皮を味噌汁に使ったのか」

そうかそうかと納得したように頷いて、耀夜がチラリと愛を見る。

「山葵と言ったな……。辛いか？」

「苦手なんですか？」

「風味は好きだが、あの鼻にツンとくるのが少しな……」

「大丈夫です。そうでもないですよ」

そう言ってやると、安心した様子で山芋を口に入れる。

しかし次の瞬間、耀夜は箸を置いて、小袿の両袖で鼻を覆った。

「〜〜〜っ！　う、嘘はよくないぞ！」

「嘘なんてついてませんよ。私にとっては、さほど辛くないんです」

私は山葵が好きなのでと、しれっと言ってやる。いきなり押しかけてきて、ごはんをたかられたのだ。このぐらいの意地悪をしても、バチは当たらないだろう。

身悶《みもだ》えしている耀夜を尻目に、愛も山芋に箸を伸ばす。

口に入れた瞬間、醤油の味と香りが口腔内いっぱいに広がる。次にくるのが山葵だ。強い風味とともに、辛みがツンと鼻に抜ける。シャクシャクと小気味よい噛み心地に、最後に少しだけトロリと糸引く独特な食感。あっさりした山芋本来の味が、醤油と山葵の強い味と風味をサッとさらっていって、後味はひどく爽やかだ。

（うん、美味しい）

漬かり具合も最高だ。ごはんにとてもよく合う。

ようやく治まったのか、耀夜が目尻に浮かんだ涙を拭きながら、食事に戻る。

何やらブツブツと文句を言っていたが、それは聞こえないふりをした。

「お前は食感が柔らかい米より、粒がしっかりとして硬いほうが好きなのか？」

しっかり噛んで口の中のものを飲み込んでから、耀夜が小首を傾げる。

「そうですね。体調にもよりますけど、おおむね」

「体調で変わるのか？」

「かなり疲弊している時なんかは、柔らかくて甘みの強いお米が美味しいと思ったりします」

「なるほど。じゃあ、米は使い分けているのか？」

「二種類ある時が多いですね。ただ、精米から時間が経ってしまうとどうしてもお米は劣化してしまうため、割高になりますが少しずつ買っているのもあって、当然ない時もあります。今は、たまたまこの一種類しかないですね」

ちょうど、もっちり柔らか系で一種類買おうと思っていたところだった。

「そちらで気に入ってる銘柄はあるのか？」

「だて正夢とかいいですね。ミルキークイーンはもっちり柔らか系の極みだと思ってるので、それもよく買います。あとはゆめぴりか。淡雪こまちはまだ食べたことがないので、一度買ってみたいです」

「しっかり硬い系でよく買うのは、雪若丸か？」

「いえ、最近続けて買っただけで、硬めあっさり系の定番はななつぼしですね。あとはきぬむすめ。ハツシモは大好きですがなかなか手に入りません。笑みの絆がいいと噂で聞いたので、それも買ってみたいです」

すらすらと答える愛に、耀夜が目を丸くする。

「お前は本当に米が好きなんだな」

「……変ですか？」

人でないものにまで、『変わっている』などと言われてしまうのだろうか？

内心ため息をつきながらそう言うと、耀夜は笑って首を横に振った。

「いや、よいことだ」

その意外な返答に、愛は思わず顔を上げ、耀夜をまじまじと見つめた。

「そう、ですか……」

「ああ、よいことだ。日本人としてとても素晴らしいことだ」

笑顔で力強く言って——しかしすぐに、なんだか不満そうに眉を寄せる。

「それより、かしこまる必要はないと言っているだろうに。なんだ？　ずいぶんと他人行儀な話し方をするじゃないか」

「他人ですから」

当然だとばかりに、きっぱりと言う。仲良くなった覚えはない。

「これから仲良くする気もあまりないです」

「お前は、人に対してもそういう態度なのか？」

耀夜が呆れたように言う。『人に対しても』ということは、やはりこの男――人ではないらしい。

「お前の昔を考えれば、仕方のないことなのかもしれんが……」

ドクンと、心臓が嫌な音を立てる。愛は箸を止め、耀夜をにらみつけた。

この男は、何をどこまで知っているのだろう？

「まぁ、いい。急ぐまいよ」

肩をすくめて、耀夜がごはんを口に運ぶ。

(何を……？)

急がないと言っているのか。疑問に思いつつも、それは訊かない。

深くかかわるつもりは毛頭ない。面倒は極力避けておきたい。

この食事の時間が無事すぎさえすれば、それで終わりだ。

「………」

ふと会話が途切れる。しかし、なぜだろう？　居心地の悪さはとくに感じなかった。

むしろ手放しで称賛されていた時のほうが落ち着かず、むずむずしていた。

ただ、二人――黙々と目の前の御馳走を堪能する。

「――うん、美味かった」

しばらくして、耀夜が静かに箸を置く。

そしてその両手をしっかりと合わせて、頭を下げた。

「ごちそうさまでした」

「……お粗末さまでした」

軽く会釈を返すと、耀夜がひどく満足げに微笑む。

そして、座卓に置いてあった檜扇を手にすると、スラリと立ち上がった。

「お前はなかなかに美味なものを作る。これからは毎夜食いに来てやろう」

「はぁ？」

いったい何がどうしてそういう話になった⁉

唖然として言葉を失う。――失敗した。大人しくしていたら、満足するどころかつけあがるタイプだったか。冗談じゃない。毎晩来られてたまるものか。

愛は慌てて立ち上がった。

「ま、待って！　要求を拒否しなかったとはいえ、あなたを受け入れたわけじゃない！　むしろもう二度と来てもらいたくないから御馳走したんです！　下手に拒絶して、根に持たれたり、それで粘着されたりしたら嫌だから！」

「だが、人は誰かと食卓を囲むことに幸せを感じる生きものだろう？」

「わ、私は違います！」

「違うものか。お前は人だ。――人でしかない」

耀夜が愛を見つめて、きっぱりと言う。

「忘れるなよ？　お前は結局、ただの人でしかないんだ。どんな事情があれ」

「っ……それは……」

本当に、いったいこの男は何者なのだろう？

そして、いったいどこまで知っているのだろう？

「では、な。また来る」

「いや、だから……」

もう来ないでほしいんですけど。

しかし、その言葉は鮮やかな笑みを浮かべただけで、無視。そのまま袴《はかま》を蹴さばき、しゅるしゅると衣擦《きぬず》れの音も雅《みやび》やかに、耀夜が部屋を出て行く。

呆然とその背を見送っていると、ハシリへ下りて、中戸の前まで行ったところで、突然その姿が掻き消える。

「なっ……!?」

中戸は微塵も動くことなく、玄関の戸も開いた気配がないのに、耀夜だけが忽然と消えて、独り残された愛はその場にへたり込んだ。

目の当たりにした妖しさに、ようやく震えがくる。

「う、嘘でしょ……?」

あの男はいったいなんなのだろう?

(明日も来るって……?)

それはいったいなんの冗談だろう?

愛は呆然としたまま、先ほどまで耀夜が座っていた場所を見た。

きちんとまとめられた食器と、恭しく置かれた箸。

お茶碗にごはん粒は一つも残っておらず、まるで磨かれたかのように綺麗だった。

◇＊◇

「本当に来た……」

翌日の夜——。耀夜は、同じように突然中戸を開けて現れた。

げんなりとしてため息をついた愛に、耀夜は「そう嫌そうな顔をするな」と微笑む。相も変わらず、腹が立つほど美しい。

腕の中には、なぜか猫が。それもゴージャスな長毛種の白猫。アクアマリンのようなアーモンドアイが吸い込まれそうなほど綺麗で、ふわふわした長い尻尾はきっと極上の手触りだろう。

だが——繰り返すが、なぜ？

「ちょっ……！　猫は困ります……！」

この家は、ペット不可だ。そうでなくとも、お気に入りの美しい柱や床、襖に畳、箱階段などを傷つけられてはたまらない。

慌てて叫んだ愛に——だが耀夜は「ああ、安心しろ。大丈夫だ」と言いながら、猫をカミダイドコに下ろす。いや、何が大丈夫だと言うのか。

そもそも、大丈夫かどうかを決めるのも、耀夜ではない。

「こやつは猫ではない。猫又だ」

「は……？」

「まだあやかしになって間もない。あやかしとしては赤ん坊のようなものだな。名前は麿《まろ》という。かわゆいだろう？」

「麿……？　猫又……？」

予想だにしていなかった言葉にポカンと口を開けた愛に、耀夜が「ほら、尻尾が二本あるだろう？　爪も鉤爪《かぎづめ》のようで黒い」と言って、猫を示す。

たしかに、言われてみれば、普通ではありえないほど長い尻尾が二本も生えている。そして、漆黒の鋭い爪はおよそ猫のものとは思えなかった。

「すぐそこの上七軒《かみしちけん》に、少し前にやってきたんだ」

上七軒は、京都市は上京区《かみぎょう》。北野天満宮の東側にある歴史の深い花街《かがい》だ。

花街とは、『はなまち』のこと。今日《こんにち》では、舞妓さん・芸妓さんが芸を披露したり、お客さまと楽しいひとときをすごす『お茶屋』が集合している街のことをいう。

上七軒は、室町時代に北野天満宮の社殿を修築した際に、余った木材で七軒の茶屋を建てたのがはじまりだと言われている。さらに、上七軒の『五つ団子』の紋は、あの太閤豊臣秀吉が北野で大茶会を開催した際に、茶屋名物のみたらし団子の味を気に入って、商いの特権を与えたという逸話からと、北野天満宮——天神さんとはとても縁深い。

天神さんのすぐ近くの愛の家からは、歩いて一分もかからないところにある。

（そんな近い場所に、猫又が棲みついて……？）

思わず眉を寄せた愛をよそに、耀夜は猫又に「麿。お前は良い子だよなぁ？　ただの獣とは違う。この素晴らしい家を汚したり傷つけたりしないよな？」と言う。

「ウン。シナイ。まろ、良い子」

「えっ⁉　しゃ、しゃべった⁉」

たどたどしく言って頷いた猫又に、思わず叫び声を上げてしまう。

しかし耀夜は、いったい何を驚いているんだとばかりに眉を寄せて、「当然だろう。猫又だぞ？」などと言う。

「いや、知りませんよ。猫又に詳しくはないんで」

常識だろうみたいに言わないでほしい。人外の常識など知るものか。

「麿、ごあいさつはできるか？」

耀夜のその言葉に、猫又が顔を上げて愛を見る。

「今は夜だ。夜のあいさつはなんだった？」

「夜は、コンばんは」

無垢《むく》で穢れを知らないアクアマリンの瞳を向けられて、思わず怯《ひる》んでしまう。

「こ、こんばんは……」

おずおずと頭を下げると、猫又——麿がなんだか得意げに鼻を上げた。

「まろ、あいさつシタ。良い子」

「そうだな。よくできました」

耀夜の大きな手で撫でてもらって、ご満悦だ。

(猫じゃないとはいえ毛むくじゃらなのは変わらないし、なんなら爪は猫よりも鋭くて厄介そうなんだけど、本当に大丈夫なの？)

心配だが、言葉が通じるとわかった以上、「獣は家に入れないで」とは言いづらい。

ご機嫌でゴロゴロと喉を鳴らしている麿を横目に小さく肩をすくめて、愛は耀夜へと視線を戻した。

「上七軒にやってきたって……」

「ああ。上七軒でとある人間に飼われている」

その言葉に、思わず目を見開く。

「飼われて？　その猫又、人と暮らしてるんですか!?」

人間とあやかしが、一緒に？

「そうだが……変か？」

「……あ……いえ……別に。そういうわけでは……」

いや、間違いなく変だ。あやかしと人間が一緒に暮らすことが〝普通〟であってなるものか。

だが、そんなことをあやかし相手に言うわけにもいかない。慌てて、首を横に振る。

「ただ、少し驚いただけです。えっと……人間とあやかしは相容れないものという認識だったので……」

取り繕うようにそう言って俯いた愛に、耀夜が小さく肩をすくめる。

「お前と近い年齢の娘だ。あやかしたちと、シェアハウスで暮らしている」

「あやかしたちと……」

「ああ、お前と同じく〝異能〟と呼ぶべき力を持った娘だ」

「ッ……!?」

虚を衝かれて、息を呑む。ヒヤリと冷たいものが背筋を駆け上がる。

心臓が嫌な音を奏でた。

「異能……って……」

声が震える。

そんな――動揺を見せてしまった愛をまっすぐに見つめて、耀夜は言葉を続けた。

逃がさないとばかりに。

「平たく言えば、お前のように不思議を映す目を持った人間ということだな」

反射的に片目を手で覆う。

「わ、私は……」

「お前がその力を持っていることは、すでに明白だ。この俺が見えているのだからな。そして麿も。普通の人間の目には、俺たちは映らない」

ドッドッドッと心臓が早鐘を打ち出す。愛は息を呑み、じりりと後ずさった。

（昨日から、意味深な言葉を口にしていたけれど……）

間違いない。この男は愛の秘密を知っている。

「……あ、あなたは……」

冷や汗が、背中を滑り落ちた。

「あなたは、いったいなんなの？　どうして、私のことを……」

「俺か？　俺は」

そんな愛に、耀夜は穏やかに微笑んで、西——天神さんの方向を檜扇で示した。

「言うなれば、北野天満宮に住まう『神さま』だな」

「はぁ!?」

思わず声を荒らげる。なんだ、それは。

「あなたが、菅原道真公《すがわらのみちざね》だって言うんですか？」

もしかして、馬鹿にされているのだろうか。

「真剣に答える気がないなら……」

「い、いや、もちろん真剣に答えている。からかったつもりはないぞ。そうにらむな。たしかに、俺は公ではないが……」

怒気を孕《はら》んだ声に、耀夜が少し焦った様子で、『待て』とばかりに手を突き出す。

カミダイドコで大人しくしていた磨もビクッと身を震わせ、おどおどと後ずさった。

「お、怒ってル？」

「っ……あ……」

その怯えた様子に、慌てて口を噤《つぐ》む。

愛は奥歯を噛み締め、あらためて耀夜をねめつけた。

「上七軒にいるこの子の飼い主も、見る目を持っているって言いましたか？」

「あ、ああ。それも、お前の〝普通より少し感覚が鋭い〟程度ではない。やりようによっては、京に棲むすべてのあやかしを従えることができるだろう。それほど類稀《たぐいまれ》な霊力を持っている。あの稀代の陰陽師――安倍晴明《あべのせいめい》に匹敵するレベルだな」

「そんな人が……」

「しかもお前とは違い、その能力は突然顕れた。かなり酷い目に遭ったようだぞ。詳しいことは、俺も知らないが」

心臓が、嫌な音を立てて縮み上がる。たしかに自分は物心つくころにはすでに、人の目には映らないさまざまなものを見ていた。

(でも、どうしてそれを知っているの……？)

愛は思わず作務衣の胸もとを握り締めた。

じわりじわりと、恐怖が胸内を侵蝕していく。――怖い。震えるほどに。

だが、それを悟られてはならない。恐怖は、あやかしを高揚させる。

自分の中の恐怖を悟られないよう、愛は耀夜に挑むような視線を向けた。

「だ、だから……その人はあやかしと暮らしているんですか？」

普通から外れてしまったから？

そして――人の輪から弾き出されてしまったから？

耀夜が眉をひそめて、愛を見つめる。

その双眸に悲しげで切なげな――それでいて厳しい、まるで挑発するかのような光が走った。

「さぁな。自分で確かめてみたらどうだ？」

「っ……いえ……」

間髪《かんぱつ》容《い》れず、愛は首を横に振った。冗談ではない。

(落ち着いて。心を乱しては駄目……)

愛は作務衣を握る手にさらなる力を込めて、目を閉じた。

深呼吸を一つして、気持ちを落ち着ける。

意味深な言葉に惑わされてはいけない。動揺して、隙を、弱みを、心の柔らかいところを晒してはいけない。

一番大事なことは何かを、忘れてはいけない。

(感情を露わにするなんて、もってのほか……)

それは心の内を曝《さら》け出す行為にほかならない。あやかし相手にそれは危険だ。

受け入れず、拒絶せず、流されず、逆らわず、知ろうとせず、見て見ぬふりをして、ただ大人しく通り過ぎるのを待つ。

今までもそうしてきたし、これからもそうするべきだ。

「…………」

深呼吸をもう一つ。鼓動が静まってゆくのを手のひらに感じながら、愛はゆっくりと目を開けた。

「かかわる気はありませんから」

静かに、じかしきっぱりと告げる。

そうだ。深くかかわる気など、毛頭ない。

あやかしとも、あやかしとかかわる人間とも。

そして、普通の人間とも――。

「……お前は、いつもそうだな」

熱がまったく感じられないひどく冷淡な声に、耀夜がやれやれとため息をつく。

「平気で、己の心を殺す」

「…………」

だって、それが一番ラクだから。

あやかしとも、人間とも、かかわったらろくなことがない。

心を閉ざし、他者を拒絶して独りでいれば、裏切られることも、傷つけられることもない。平穏無事に暮らせるのだから。

愛は無表情のまま、耀夜に背を向けた。

「ごはんでしたよね？　今、用意しますから」

受け入れる気は毛頭ないが、かといって、はっきり拒絶して怒りや恨みを買えば、それはそれで面倒なことになるし、長引く。なんとなく浅く軽くつきあって、相手が飽きるのを待つのがいいだろう。

あやかしは人間以上に移り気なものだ。どうせ長くは続かない。ごはんなんて口実で、あやかしを視認する人間が珍しいだけだろうし、少しの間我慢するだけで興味を失って離れてゆくはずだ。

(恐れもしない、泣きもしない——そんな人間、おもしろくもなんともないだろうし)

いつものように、心を殺してやりすごそう。きっと、そんな長い時間じゃない。

「まずはこちらにきて手を洗ってください」

目を合わせることなくダイドコの戸を開けて言うと、耀夜がそっとため息をついた。

◇＊◇

『アンタなんかのために、人生を無駄にしてたまるもんですか！』

狂気じみた笑い声とともに、ぶつけられた言葉。

それを投げつけたのは、母親だったはずの女だった。

猛々しく笑いながら、同時に涙も流しながら、女は叫び続けた。

『いらない！』と。

『もういらない！　もうたくさんよ！　アンタなんて消えてしまえ！』

その声は、今も耳にこびりついたまま離れない。

そして女は、愛を捨てた。言葉どおり、自分の前から愛を見事に消し去った。

決して忘れられない。まるで呪いのように心をさいなみ続けている、暗い過去――。

「――お姉さん？」

「……！　あ、ごめんなさい！」

ぼうっとしてしまっていた。愛は暗い記憶を頭から追い出すと、慌てて頭を下げた。

「ありがとうございます」

差し出された袋を受け取ると、売り子のお兄さんがニコッと笑う。

「簡易包装やから、気ぃつけて。ぶつけんといてね？　その皿はそれでしまいやから、割っても替えてあげられへんし」

「はい、気をつけます」

購入したお皿をしっかりと抱き、もう一度頭を下げて、愛はぐるりと視線を巡らせた。

神社と同じ『天神さん』の愛称で親しまれている、北野天満宮の『天神市』。御祭神《ごさいじん》である菅原道真公の御誕生の六月二十五日と命日の二月二十五日にちなんで、毎月二十五日に開かれていて、毎回大勢の人で賑わう。今日ももちろん大盛況だ。

天神さんは、東寺で開かれている『弘法市』――通称『弘法さん』とともに京都の

『二大骨董市』としても有名なため、訪れるのは地元の人間だけではない。

あちこちで飛び交うさまざまな言語をBGMに、愛はゆっくりと歩き出した。

参道には、六時から二十一時ごろまで露天が所狭しと立ち並ぶ。その数は、多い時でなんと千五百軒にも及ぶらしい。

参道が飲食の屋台が多いのに対して、普段は参拝者用の駐車場にあたるエリアと、境内の東に面する御前通《おんまえどおり》が骨董市のメイン会場だ。

さまざまな食器類や茶道具、壺などの焼きものに、古い着物に古い道具、古銭など、これぞ骨董品という物たちに加え、蚤《のみ》の市によくあるどう見てもガラクタといった物もたくさん売られている。古い牛乳瓶や、何かの機械の部品のようなもの。パーツを失くしたプラモデル、完全に割れている食器もある。さらに土器のようなものからまったく意味も用途もわからない物まで。

手作りのものも多く、地元のクリエイターさんもかなり出店されていたりする。

日没後には境内のライトアップがはじまる。三百五十個の石燈籠と二百五十個の釣燈《つりどう》籠《ろう》に灯りが灯されると、国宝の本殿をはじめとする社殿が美しく浮かび上がる。昼とは違った幻想的な雰囲気がとても好きで、二十五日は会社帰りに必ず天神さんに立ち寄ることにしている。

二十五日が会社の休みと重なることは稀なため、今日は久々に昼間から来られて、大好きな陶器作家さんのお皿も買えて、大満足だ。

「じゃあ、お参りだけして帰るかな」

もっと見ていたい気もするけれど、明日からはまた仕事だ。疲れを残してしまうと、次のお休みまでがとてもつらくなってしまう。

人の波に逆らわないよう進んで、楼門を抜ける。そこからは参拝客のみになるため歩くのが少しラクになるが、それでも北野天満宮は霊験《れいげん》あらたかな学問の神さまとして信仰を集める人気の観光スポットだ。修学旅行生と思われる生徒たちをはじめとして、たくさんの人が参道を行き来している。

有名な『星かけの三光門《さんこうもん》』を抜け、国宝である本殿を正面に臨む。

「え……？」

愛は思わず足を止め、大きく目を見開いた。

社殿の前には、参道を挟んで松と梅が植えられている。梅は御神木だ。

その細い枝に——小袿姿のあの男がゆったりと座っている。

「耀夜、さま……？」

小さく呟くと、耀夜が愛を見て、人差し指をその甘美な唇にそっと当てる。

人間など乗れるはずもない細い枝に優雅に腰掛けている妖しく美しい男に、誰一人として視線を向ける者はいない。まるで、そこには誰もいないかのよう。

（本当に、ほかの人には見えていないんだ……）

まざまざと見せつけられる事実が、胸に痛い。

「しゃべるなよ？　俺の姿が見えているのは、お前だけだ。ここで俺と会話をすれば、ほかの者たちには、お前が一人で話しているようにしか見えないからな」

梅の傍《そば》へ行くと、耀夜が唇に指を当てたまま確認するように言う。

その気遣いはありがたかったし、そうさせてもらうけれど、しかしその前に一つだけ訊きたい。どうしても一つだけ。愛は梅の傍の『御神木「紅和魂梅《べにわこんばい》」』と書かれた札を覗き込んで、小さく呟いた。

「……紅梅殿《こうばいどの》……？」

「ほう、『老松《おいまつ》』を知っているか。そうだな、それだ」

『老松』とは、能の演目の一つだ。『飛梅伝説《とびうめ》』を土台として作られた、菅原道真公に愛された梅と松の精が公にまつわる奇跡を語る神能。

そして『紅梅殿』とは、その梅の精の呼び名だ。女神とされていることもあるが、女装をした美しい男神となっていることが多い。

（じゃあ、神さまというのは、あながち間違いじゃなかったんだ……）

御神木の精なのだから。

御神木の『紅和魂梅』は、『飛梅伝説』伝承の木とされている。

飛梅伝説とは、菅原道真公が政争に敗れて都から遠く離れた大宰府《だざいふ》へ左遷された際、都の屋敷の梅が、主《あるじ》恋しさに、一夜のうちに大宰府へ飛んで行ったという伝説だ。

『東風《こち》吹かば　匂ひおこせよ梅の花　主なしとて春を忘るな』

菅原道真公が大宰府左遷の際に詠んだ、『拾遺《しゅうい》和歌集』にも収められている有名な和歌だ。この梅の花こそ公にことのほか愛されていた、彼を追って大宰府へ飛んだ梅だと言われている。

（私をからかったわけじゃなかったんだ……）

どうしよう。謝るべきだろうか？

「――すまない」

頭を悩ませていると、なぜだか耀夜のほうが謝罪を口にする。

愛は驚いて、梅の木に座る耀夜を見上げた。

「俺は人との接し方を知らんのだ。人とかかわったことなどほとんどなくてな。だから、よく言葉を間違える」

そう言って、なんだかバツが悪そうに後頭部を掻く。

「あやかし相手には自己紹介をする必要がない。あやかしは、俺が梅の精であることを一目で理解するからだ。その神格の高さもな。それに慣れてしまっているのもあって、言葉足らずだったたし、わかってもらう努力も怠った。不愉快な思いをさせた」

「…………」

「恥ずかしながら、誤解を解く方法もわからなければ、相手を怒らせてしまった時には謝ればいいのだということすら、他者に助言をもらってようやく気づいたぐらいでな。だから、今さらと思われるかもしれないが……すまなかった」

それを言うなら、自分もだ。ほぼ脊髄反射で嘘だと決めつけて、詳しく訊きもせず、怒ってしまった。怒る前に、尋ねるべきだったのだ。それは、どういう意味なのかと。

「——何も言わなくていい」

しかしそれを口にするよりも早く、大きな手がポンと愛の頭を叩く。

「ここでは、何も話すな。衆目がある。極力、奇特な行動はしないほうがいい」

気遣うように言って、耀夜がさらに優しくポンポンする。

「なぜなら、お前はただの人間だからだ。誰がなんと言おうとも、人間でしかない。だから、それでいいんだ」

その優しい言葉に、胸が痛む。

愛は唇を噛み締め、両手で顔を覆った。

『このバケモノっ！』

悲鳴のような声が、脳内に響き渡る。

『アンタのせいで、アタシの人生はめちゃくちゃよ！』

あの人は、そんなこと言ってくれなかった。

自身で産んだ子なのに、人間だとは認めてくれなかった。

『アンタなんていらない！　消えてよ！　このバケモノがっ！』

「……っ……」

歯を食い縛って、涙が溢れそうになるのを必死に堪《こら》える。

（どうして……）

ほしい言葉を口にしてくれるのが人間ではなく、人間以外のモノなのだろう？

その言葉を、あの人にこそ言ってほしかった。

「人と接することに慣れていないせいで、不愉快な思いをさせたな。もしかしたら、怖い思いもさせたかもしれない。だが、俺はお前の平穏を侵す真似は絶対にしない。それだけは信じてほしい。脅《おど》かすために、お前の家に行ったわけじゃないんだ」

俯いたままの愛の髪を優しく撫でながら、耀夜が穏やかに言う。

「俺はただ、お前とともに美味い飯が食いたい。それだけなんだ」

◇*◇

「増えた……」

そこそこの大きさの段ボール箱を小脇に抱え、おかっぱ一つ目の可愛い女童《めのわらわ》の手を引いた耀夜を見て、思わずため息をつく。

その足もとには麿が。愛の傍まで駆けてきて、「こんバンは！」と元気よく言う。

「こ、こんばんは。足を拭くもの持ってくるから、少し待ってね」

愛はなんとか笑顔を作って、女童をカミダイドコに下ろした耀夜の脇をつついた。

「耀夜さま？　来るたびに頭数が増えていってるような気がするんですけど……」

「賑やかなほうが楽しいだろう？」

言外にやめてほしいと匂わせたつもりだったが、耀夜はしれっとした顔して明後日なことを言う。

「独りが好きだって言ってるじゃないですか。大勢が得意なわけないでしょう？」

しかし、言えるのはそこまでだ。耀夜になんと言って連れてこられたか知らないが、間違いなく子供に罪はない。歓迎されてないことを悟らせてしまうのは可哀想だ。

——仕方ない。

愛は肩をすくめて、ダイドコを指で示した。

「まずは手洗いうがいをしてください。昨日やったように。シンクの横にハンドソープとコップがあるのは、もうご存じでしょう？」

「昨日も思ったが、必要ないだろう？　神さまが人間のように身を汚すと思うか？」

「私が生理的に嫌なんです。手も洗わないモノと食事をするなんて」

紅梅の双眸を見つめて、きっぱりと言う。

「ここは私の家です。食事をともにするなら、私のルールに従ってもらいます」

「そうか。ならば仕方がない」

強めの言葉に、しかし耀夜は気を悪くするどころか、なんだか嬉しそうに微笑んで、首を縦に振った。

「では、これは先に預けるとしよう」

そう言って、美しい小袿に似合わない段ボール箱をカミダイドコに下ろす。

「そういえば、これはなんですか？　段ボール箱のあやかし？」

「……そんなものがいるのか？　見たことも聞いたこともないが」

「いや、だって……耀夜さまが連れてるから」

「これは正真正銘の段ボール箱だ。まぁ、ただの箱ではないがな」

段ボール箱をポンと叩いて、耀夜が得意げに笑う。

「昨日の詫びだ」

意外すぎる言葉に、思わず目を丸くする。

「お、お詫びですか？」

「ああ。しかも、それだけではないぞ。聞けば、美味い食事にはそれ相応の対価が必要だって言うじゃないか」

「対価って……」

その側面にはペットボトルの絵が描かれていた。その大きさはちょうどホット飲料のペットボトルの二十四本ケースぐらいだ。お茶か何かだろうか？

「お前の大好きなもの——米だ」

「えっ⁉　これ、お米なんですか⁉　ペットボトルの絵が描いてありますけど⁉」

「だが、米だ。ＰｅｂｏＲａという商品らしい。名前の由来はペットボトルライスの略だそうだぞ。全国の特選米から雑穀米までおよそ四十種ほどが揃っているらしい」

耀夜が「話題の商品らしいぞ」と言いながらバリバリと雑に梱包テープを剥がして、箱を開ける。

「北海道産のゆめぴりか、おぼろづき、ななつぼし。そして、青森県産の青天の霹靂《へきれき》、つがるロマン、あさゆき。岩手県産の金色の風、銀河のしずく。秋田県産あきたこまちと淡雪こまち。これはお前が食べたがっていたやつだな」

「嘘……！」

二合分がおしゃれにボトリングされたお米が次々と出てくる。

オリジナルデザインのパッケージのボトルもあれば、ブランド自体のパッケージを引用しているボトルもある。それぞれに個性があって、色鮮やかで、とても可愛い。

「宮城県産のだて正夢。山形県産の雪若丸に、姉貴分のつや姫。福島県産の天のつぶ」

「えっ⁉　特別栽培米の『ホタルの舞う里』まであるんですか⁉」

憧れの銘柄の数々に、思わず箱に飛びついてしまう。

「う、わ！　すごい！　お米の王様とも言える新潟県産の魚沼コシヒカリも！」

「愛知県産の女神のほほえみ、兵庫県産のコウノトリ育むお米、広島県産の恋の予感、福岡県産の元気つくし。そして、佐賀県産の天使の詩と夢叶うなどなど」

「に、人気ブランド米がたくさん……！　半分はまだ食べたことないものです！」

大好きなもの、憧れていたけれどなかなか手に入れられなかったもの、食べたくて仕方なかったけれど買うにはちょっとお高かったもの、そんなお米ばかりだ。

「いいんですか!?　で、でも、お高いんでしょう？」

これほど人気のブランド米が揃っているのだ。一銘柄二合ずつとはいえお安くはないだろう。

「それがそうでもないらしいぞ。俺には金の価値はよくわからんが」

そうでもないらしい？

「それって誰の言葉ですか？」

「上七軒の――麿の飼い主と、その雇い主だな。麿の飼い主は上七軒にあるあやかしが住まうシェアハウスで管理人をしている。雇い主とは、そのシェアハウスの持ち主だ。そやつもあやかしを見ることができ、あやかし関係の相談にも乗っている」

「あやかし関係の相談……？」

「そうだ。実は、お前を怒らせてしまったこともそやつに相談してな」

「あ……！　謝ればいいんだって助言してくれたのって……」

「そう。そやつだ。その時に、食事には対価を支払うべきだとも言われてな」

耀夜が「そんなことも知らず、重ね重ねすまんな」と肩をすくめる。

「お前の好きなものを訊かれて米だと答えたら、たまたま先ほど届いたこれがあるから持って行ったらどうかと勧められたんだ。シェアハウスに住まうあやかしが、最近米にこだわり出したそうでな」

「あやかしが？」

「ああ。健康ヲタクの狐がいるんだ」

どんなあやかしだ。それは。

「狐も『また頼めばいいから持って行け』と言ってくれてな、譲り受けた。もちろん、もらい物では俺がお前に支払う対価にはならん。ちゃんと同じ値段で買い取ったぞ」

「あの……おいくらだったか、訊いてもいいですか？」

プレゼントの値段を訊くなど不躾《ぶしつけ》にもほどがある。だが、訊かずにはいられない。

おそるおそる尋ねると、耀夜は気を悪くした様子もなく値段を教えてくれる。

「……！　それはたしかに……さほど高くはないですね……」

二合入りのペットボトルが二十四本。全部で七キロ強のお米の値段と考えると高級に思えるが、人気ブランド米もたっぷり含まれた二十四銘柄を楽しめるとなれば、決して高くない。むしろ、お得だろう。

それでも、自分のためだけに買うには、少々躊躇《ためら》う値段だ。

つまりプレゼントとしてもらえるのであれば、愛の好み的にも、お値段的にも、これ以上はないという良品。センスは抜群だ。

「愛よ。これは対価になりうるか？」

「……そうですね」

受け取るのはどうかとも思うが、だが受け取らなくてもこの男は明日も来るのだろう。ごはんをたかるのをやめるという選択肢は、どうも耀夜の中にはないように思える。だったら、もらえるものはもらっておかないと損なような気もする。

（実際問題、食材は無料《ただ》ではないわけだし……）

至福の一人の時間を邪魔されるうえ、ごはんや作り置きのおかずを食べられるのだ。むしろ、これぐらいもらっておかないと割に合わないだろう。

（毎日来られるのは、すごく困るんだけど……）

しかし、これを受け取らなかったところで、別の『対価』を持ってくるだけだろう。あるいは、対価を支払うのをやめ、ただ強奪するだけになるか。

（それは嫌だな……）

愛は一つ息をついて、おしゃれなお米のボトルたちを見つめてコクリと頷いた。

「なります。――ありがとうございます」

「……！　そうか！」

耀夜が子供のように顔を輝かせて、心の底から嬉しそうに笑う。

「よかった！　お前が喜んでくれて、俺も嬉しいぞ！」

――なんて眩《まぶ》しい笑顔。どれだけ嬉しいんだろう。

（私が喜んだら、そんなに嬉しいの……？）

その気持ちはまったく理解できないが――ただ悪い気はしない。

「じゃあ、一つ目よ！　手を洗いに行くぞ！　美味しいごはんが待っている！」

うきうきした様子で女童の手を引いて、耀夜がダイドコに駆け込んでゆく。

その背を見送って――愛は足もとの麿へと視線を落とした。

「麿は私が拭いてあげるから、ちょっとそこで待っててね。すぐだから」

「ウン、まろ、待ってる」

ナカノマの箱階段からウェットティッシュを出してきて、カミダイドコに正座する。

その膝の上に麿を抱え上げ、四本の足を丁寧に拭く。

「麿は良い子だったよね？」

「ウン、まろ、良い子」

「この家を傷つけたり汚したりしない。私とも、ちゃんと約束してくれる？」

「約束スる。まろ、傷つけるも汚すもナイナイ」

――可愛い。

「はい、できたよ」

床に下ろすと、トットットットとオクへ入ってゆく。

ほぼ同時に、ダイドコから耀夜と一つ目女童も出てくる。

「しっかり手洗いうがいしたぞ」

「わかりました。じゃあ、用意しますね」

入れ替わるように、ダイドコへ。今日は常備菜としてサラダチキンを仕込んだので、それを磨用に細かく切って小皿に取り分ける。

耀夜と一つ目女童用には、薄くスライスして玉子焼きとともに角皿に盛りつける。大根おろしを添えて、完成。

今日の香のものは、大根の葉の浅漬け、長茄子の糠漬け、きざみすぐきだ。

それから、お味噌汁用のお椀を三つ並べて、その中に種を取って粗く刻んだ梅干しと煎《い》りごまと水で戻したわかめを入れる。

「よし。ＯＫ」

それらをすべて、オクへ運ぶ。

「おぉ？」

耀夜が身を乗り出して、不思議そうにお椀の中を覗き込む。

「梅干しが汁椀に入っているぞ？　間違えたのか？」

「三つも作っておきながらですか？　それであってますよ」

テキパキと配膳してから、いつものようにごはんのお櫃と雪平鍋も持ってくる。

「今日は、サバ缶と梅のお味噌汁です」

「サバ缶とは、あれだな？　缶詰だな？」

「そうです。サバの水煮缶を汁ごと使ってお味噌汁を作るんですよ。お出汁もサバ缶の汁だけで十分なので、すごく簡単なんですよ」

「それだけなら美味そうなんだが、なぜそこに梅を入れるんだ？　味噌汁に梅なんて、はじめて聞いたんだが」

「え？　そうですか？　美味しいですよ」

お椀にサバ缶のお味噌汁を注ぎ入れて、差し出す。

「お昼に耀夜さまと話したら、なんだか食べたくなって……」

ごはんも全員分よそって、準備完了。

「「いただきます」」

両手をしっかり合わせて、頭を下げる。

耀夜と愛を見て、一つ目女童も真似をして両手を合わせる。

なんと、麿までしっかり座って前足をこすり合わせた。

「イタダキマス」

「いただきマス」

その微笑ましい光景に、自然と唇が綻ぶ。

「……！　ん！　これは美味いな！」

お味噌汁を一口飲んで、耀夜が目を丸くする。

「梅のほどよい酸味と香りがなんとも言えん。ふむ、なるほど。梅にはサバの魚臭さを軽減させる役割もあったのだな？　サバを食らっているのに後味がさっぱりとしていて、これは美味い！」

「お気に召したようでよかったです」

コツと言えば、塩分が高くなってしまわないように、甘めの梅干しを使うぐらいだ。

非常に簡単なものだけれど、喜んでもらえたのならよかった。

（よかった……？）

そう思った自分に驚いて、思わず目を見開く。

どうしてだろう？　独りでいたいと思っているのに。
この家ですごす『独りきりの時間』がとても好きなのに。
その考えは、微塵も変わっていない。
それなのに、相手に喜んでもらえたことが嬉しいなんて？
『俺はただ、お前とともに美味い飯が食いたい。それだけなんだ』
（ああ、そうか……。私、あの言葉が嬉しかったんだ……）
はじめてかけてもらった言葉だった。今まで、誰一人としてくれなかった。
耀夜だけだった。
（だから、何かを返したかったんだ……）
ささやかなことでもいい。『嬉しい』をくれた相手に『嬉しい』を返したかった。
だからこそ、喜んでもらえたことに、また『嬉しい』と感じる。
「美味いか？　一つ目よ」
「オイシイー」
耀夜の言葉に、一心不乱に白いごはんをかき込んでいた女童が顔を上げる。
そして、その大きな赫《あか》い眼差しを愛に向けると、にこぉっと笑った。
「アッタカイゴハン、アッタカイココロ、アリガトウー」

「え……？」

アッタカイゴハンはわかる。でも、アッタカイココロとは？

首を傾げた愛に、耀夜が何を言っているんだとばかりに眉を寄せた。

「当然だろう。ここに並んでいるのは、お前の真心がこもった御馳走なんだから」

その言葉に、胸が熱くなる。

ああ、「ありがとう」はこちらの台詞だ。ありがとうと言ってくれて、ありがとう。

（そうか……。食事って、コミュニケーションツールでもあったんだ……）

食事を通じて交わされる想いに、胸がいっぱいになる。

愛は箸を置いて姿勢を正すと、まっすぐに耀夜を見つめた。

「耀夜さま。私は、ちゃんと人間ですか？」

突然の質問に目を丸くするも、耀夜はすぐさま首を縦に振った。

「人間だとも。それも、〝普通の人間〟だ」

「耀夜さまやあやかしたちが見えていても？」

「ちょっと目がいい程度のことだろうよ。足が速い人間は化物なのか？　手先が器用な人間は？　歯並びがいい、髪が美しい、体臭がキツい人間は化物か？　違うだろう？　それは〝個性〟と呼ぶべきものだ」

まっすぐに愛を見つめて、きっぱりと言う。

「お前は、少し目がいいだけの普通の人間だ。自信を持て」

「少し目がいいという……個性を持った……？」

「そうだ。その少しの違いを受け入れられない人間も、たしかに少なくない。悲しいことだがな。だから、ありのままにふるまうことが必ずしも善とは限らない。それはつまり、体面を繕うことも悪ではないということでもある。秘密を持つことは決して罪ではない。負い目を持つ必要はないんだ」

思いがけない言葉に、目を見開く。

言葉を失った愛に、耀夜が優しく微笑んだ。

「だが、常に心に鎧を着続けるのは疲れるだろう？　だから、俺の前では偽ることも隠すこともしなくていい。ラクにしろ」

「耀夜、さま……」

「そんな相手がいてもいいだろう？」

「っ……」

息が詰まるほど胸が締めつけられる。

（ああ、私は……）

両手で顔を覆う。

人と距離を置いていたのは、人の愛や情を信用していなかったからだけではない。

それ以上に、普通の人とは違う、この見えすぎてしまう目のことを、そしてそれが理由で唯一の肉親に捨てられた過去を、知られるのが怖かったから。

それでいて、隠しごとをするのも、嘘をつくのも、苦しかったから。

だからこそ、独りでいたかった。

もう傷つきたくなかった。

それ以上に、もう誰も傷つけたくなかった。

耀夜がなぜ自分の過去を知っているのか、どこまで知っているのか、そんなことはもうどうでもよかった。それこそ、『神さまだから』でいいと思った。

大事なのは、そこではないから。

耀夜だけが、愛がずっと望んでいた言葉をくれた。それこそが、重要で——。

「チカ？　チカ、泣いてル？」

ふと、柔らかいものが肘に触れる。顔から両手を離してそちらを見ると、アクアマリンの双眸が心配そうに愛を見つめていた。

「チカ、良い子。チカ、おいシイもの作ル、良い子。泣かナイで」

「……大丈夫。泣いてないよ」

かろうじて、だけれど。

鼻の奥がツンと痛んで、目頭が熱い。胸がひどく締めつけられて、気を抜いた瞬間、溢れてしまいそうだけれど。

「ありがとう。麿」

でも心配してくれるのが嬉しいから。だからこそ心配をかけたくないから、無理やり笑顔を作る。

「泣かナイ？」

「うん。泣かない。大丈夫。ありがとうね」

「そうだぞ。泣いている暇などあるものか。早く食べねば、せっかくの御馳走が冷めてしまうぞ」

「オイシイヨー」

麿だけではない。耀夜も女童も声をかけてくれる。

愛は微笑んで、箸を持ち直した。

サバ缶と梅のお味噌汁は、実は作る頻度がそこそこ高い定番メニューだ。夜遅くに疲れて帰って来ても、サッと簡単にできるのと栄養価が高いのがその理由だ。

だから食べ慣れているはずなのに、一口啜っただけで自然と笑みがこぼれる。

「美味しい……」

味噌とサバの味が強く、梅干しはそれほど主張しているわけではないのに、ほどよい酸味が最後に口をさっぱりさせ、梅の香りが余韻としてしっかり舌に残る。

だから、具だくさんでサバの油分もあるのに、驚くほど優しい。

口の中で何段階にも味が変化して、本当に美味しい。

「誰かと一緒だとなおさら美味いだろう？」

耀夜がなんだか得意げに笑う。

「それは、どうですかね。独りでも美味しかったと思いますけど」

なんだか照れくさくて、ついついそんなことを言ってしまう。

いつもの味だ。言葉どおり、きっと独りで食べても美味しかっただろう。

けれど、ここに越してきて三年以上――。

今夜のお味噌汁が一番沁みたことだけは、たしかだ。

これが私の推し『TKG』

「普通ありえないよねー」

小馬鹿にしたような笑い声とともに、そんな言葉が聞こえてくる。

（またか……）

愛は給湯室の前で足を止め、やれやれとため息をついた。

「あ、相良さん。洗いものですか？」

「……はい」

出直そうかと思った瞬間、見つかってしまう。愛は再度ため息をついて、来客用の湯呑を手に、中へ入った。

油を売っていた二人のうちの片方が、ニヤニヤしながら傍に来る。

「相良さん、相良さん。今日の森本《もりもと》さんの恰好、見ました？　すごいですよね」

「はぁ……」

話題になっている森本真琴《まこと》は、先日中途採用で入社したばかりの新人だ。二十三歳。小柄で華奢《きゃしゃ》、結構な猫背。そしてかなり分厚い眼鏡をかけている。最初の自己紹介でゲームヲタクであることを公言した、なかなか個性的な子だった。

「紫地に白の水玉模様のシャツワンピに、ピンクのカーディガンですよ？　あんなの、普通会社に着てきます？」

それは本人の自由だと思う。

「うちは一応、仕事に支障が出なければ服装は自由ってなってますけど」

「いや、それでもある程度の常識の範囲内で選ぶものじゃないですか」

「まぁ、そうですね」

だから、そんなふうに言われる筋合いはないと思うのだけれど。

「あんなの、部屋着でも無理なんだけど」

「ホントホント。信じられない」

内心ため息をつく愛に構わず、二人が小馬鹿にしたように笑う。

（あなたたちの趣味に合うかどうかを『常識の範囲内』って言うんじゃないんだけど？

仕事に支障は出てないんだから、彼女は間違ってないよ）

そう思えど、それを口にしたら、また「信じられない！」となるのだろう。

ああ、面倒臭い。

「私物もアニメのものばかりでしょう？　ボールペンとかマグカップとか」

「キャラクターものなんて、普通会社で使う？」

「…………」

普通とか、常識とか、それはいったい誰が決めたんだろう？

聞いているだけで気分が悪い。さっさとここを出たい。

手早く湯呑を洗う愛に、しかし二人はさらに話しかけてくる。

「それに、聞きました？　今夜の歓迎会、森本さん欠席するそうですよ」

「え？」

その言葉には、さすがに驚く。愛は思わず手を止め、二人を見つめた。

もちろん、森本が歓迎会を欠席するから——ではない。

「森本さんの都合がつかないのに、今日やるんですか？」

森本の都合のいい日に変更するのではなく？

それは本当に歓迎会なのだろうか？

「だって、美玲《みれい》さんが今日しか空いてないって言ってましたし」

「いいんじゃないですか？　清水《しみず》さんは出席するってことですし」

清水さんとは、森本さんと同じく先日中途採用で入社した新人だ。名前は清水サチ。

同じく二十三歳。ゆるふわに巻いた髪に、ばっちりメイク。森本とは正反対で、ＯＬを
絵に描いたような子だ。

「でも、メインは新人の二人なわけですし……」

「それ、美玲さんに言えます？」

「…………」

美玲さんとは、うちの課で一番影響力を持つ古株――いわゆる〝お局さま〟だ。

彼女に意見ができる人間など、うちの課にはいないだろう。

「それに、森本さんは日時が変更になっても出席しないそうですよ」

「え？」

「そういう呑み会に出席するぐらいなら、さっさと家に帰ってゲームしたいんでってって言ったそうですよ」

二人が、「本当、ありえないですよねー」と言う。

「協調性なさすぎて、マジで無理なんですけど」

「ホントホント」

愛は内心そっとため息をついた。

（協調性の意味を取り違えてるなぁ……）

協調性とは、右倣えでみんなに合わせて行動するということではない。利害や立場の異なる人たちと協力しあいながら一つのものごとに取り組める能力のことを言う。

会社という組織において、会社の利益を上げるために、自分に割り当てられた仕事を確実にこなしている点で、森本は協調性のない人間とは言えない。

パソコンに詳しく、その扱いも上手く、物覚えも早くて、新人ながらどんどん仕事を覚えていっていることを思えば、給湯室で仕事をサボりながら一緒の職場で働く人間の悪口を言うという――本人や周りの人の仕事への意欲を失わせるようなことをしている二人のほうが、よっぽど協調性がないと言えるだろう。ほかの社員たちの邪魔をして、仕事という会社に属する人間全員で取り組むべきことを疎《おろそ》かにしているのだから。

強制でもない呑み会を断って、なぜ批判されなくてはならないのか。

（私は、我が道を行くタイプの人は好きなんだけどなぁ……）

横に倣えが正義だと思っている人の、なんと多いことだろう。

なぜ〝みんな違ってみんないい〟とはならないのだろう。

「…………」

無言のまま、洗った湯呑を布巾でしっかり拭いて、戸棚に戻す。

ホッと息をついて、さっさと給湯室を出るべく回れ右をした、その時。あからさまなため息が室内に響く。

「相良さんって、あんまり自分の意見を言いませんよね。それってどうなんですか？言いたいことははっきり言ったほうがいいですよ」

「え……？」

突然飛び出した自分に対する批判の言葉に、思わず二人を見る。

同調しなかったのが不満だったのだろうか？　愛に向けられた視線は、思いがけず鋭かった。

「相良さんは、どう思ってるんですか？　森本さんのこと」

「え……？　なんでですか？」

なぜそんなことを言わなくてはならないのだろう？

誰を好きだとか、嫌いだとか、そういう話をするのは二人の勝手だ。それをどうこう言うつもりはない。あまり気分がいいものではないが、批判する気もない。繰り返すが、それは二人の勝手だからだ。

しかし、そういう話題が好きなわけでもないのに、なぜそこに自分も参加しなくてはいけないのだろう？

「なんでって、意見を訊いてるだけですけど？　まったく何も思わないってことはないでしょう？」

「そうですよ。いつもどっちつかずで自分の意見を言わないって、あんまり感じがよくないですよ」

「…………」

二人が口々に「自分の意見を言わないのは感じが悪い」と言うけれど、その感覚がまったく理解できない。

何を思うも、そしてそれを口にするもしないも、自分の自由だと思うのだけれど。

それに、おそらくは、愛が出した答えが〝二人が期待するもの〟でなければ、結局「感じ悪い」だの「信じられない」だの「ありえない」だのと言うのだろう。

「自分の意見を言え」などと言っているが——きっと彼女たちは同調以外の意見は認めない。

異質を批判する彼女たちが、異議を受け入れることはないだろう。

ああ、面倒臭い。

だが、ここで意見を〝言う・言わない〟で押し問答しても、時間を無駄にするだけだ。

愛はそっと息をついて、きっぱりと言った。

「同じ職場で働く仲間としては、嫌いではないです。業務に支障の出ない〝個性〟は悪いことではないと思いますし」

「呑み会にも参加しないような仲間でもですか？」

「協調性がない仲間なんてありえなくないですか？」

「呑み会は業務ではありませんから」

プライベートをどうすごすかは、本人の自由のはずだ。

「業務外で何かを強制するのは、『パワハラ』に該当してしまうと思います」

「……！　それは……」

「つきあいも大事だと思いますが、プライベートも尊重すべきものです。だからこそ、つきあいとプライベートのバランスは、本人が決めるべきことです」

「…………」

二人が口を噤んで、なんだか不満そうに視線を交わし合う。

愛は、「じゃあ、私はこれで」と一言言って、給湯室をあとにした。

本当に、面倒臭い。

なぜ〝みんな違ってみんないい〟とならないのだろう。

そのほうが、自分が否定されることもなくてよっぽど平和なのに。

◇＊◇

「そんなもの、決まっている。自分に自信がないからだ」

愛が口にした疑問に、耀夜がスマホの画面をにらみつけたままあっさりと言う。

「ほかと同じであれば、少なくとも〝間違い〟は回避できる。恥をかくことだってない。攻撃されることもな。トラブルを極力避けて〝無難〟を選ぶ。そこに自分の意思はほとんどない。心のどこかでそれは〝違う〟と、〝正しいことではない〟と思っているからこそ、自分は苦労して合わせているんだと思い込もうとするんだろう」

「あ……」

「だから、それをしていない者を攻撃するんだよ。自分は苦労して合わせているのに、どうしてお前はそれをしないんだとな」

「自分を正当化したいってこと？」

「愚かなことだがな」

難しい顔でスマホを覗き込み、美しい指を彷徨《さまよ》わせながら、耀夜が頷く。

「北野天満宮には五十種類千五百本以上の梅があるが、どれも美しい。違うからと弾いたりはしない。みんな違ってみんな美しい。まぁ一番は御神木の俺だが」

「……そうですか」

「だが、動物は群れを築くものだ。群れでは、横並びをよしとするわけにはいかない。自分の種を残すには、血を継ぐには、他者より少しでも秀でている必要があるからだ。だから、動物は常にアピールする。自分はお前より上だとな」

「マウントを取るってことですか？」

「そうだな。お前の今の話は、山でボス猿がやってることと同じだ」

耀夜が大きく頷いて、ようやく顔を上げて愛を見た。

「服や持ち物の趣味やつきあいの悪さなど、自分と違う点をピックアップしてコキ下ろすことで、その者を自分よりも下だと位置づけているんだ」

「自分の……下？」

「そうだ。自身は無難を選んで、他者と合わせることで安心を得ながら、異質を攻撃し、批判し、自身の下に置くことで、自身の地位を守ろうとしているんだ」

「え？　それが自分を守ることになるんですか？」

「当然だろう。そういう者たちにとって異質が評価されることは、恐怖以外の何ものでもない。なぜなら異質が評価されるようになれば、他者と違うものを持たない自分は、十把《じっぱ》一絡《ひとから》げの凡庸に成り下がることになるからだ」

「……！　凡庸……」

「無個性で、無価値な、ほかにも掃いて捨てるほどいる者などという評価は、されたくないものだろう？」

「……なるほど」

間違えたくない。恥をかきたくない。だからみんなと同じことをしていたいけれど、無個性で無価値な者にはなりたくない。少しでも、他者より秀でる存在ではありたい。だから、みなと違うことをする人を受け入れたくない。評価したくないってこと？

（気持ちはわからないでもないけれど、やっぱり自分を正当化し、守るために、自分にできないことをしている他者を攻撃するっていうのは……）

なんだかモヤモヤしていると、耀夜が「おお、できたぞ！　見ろ！　愛よ！　俺に不可能はない！」と愛の目の前にスマホを突きつけた。

そこには、『購入しました』の文字。ネットショップで何かを買ったらしかった。

「来た時から、なんか難しい顔してスマホを覗いてるなと思ったら、通販に挑戦してたんですか？」

「そうだ。例の麿の飼い主に教えてもらったんだ」

麿の飼い主——上七軒に住んでいるという、愛とは比べものにならないほど強い〝見る目〟を持った女性か。

畳の上で気持ちよさそうに転がっていた麿が自分の名前に反応し、「ナニ？　まろ、良い子」と言う。

「まろ、おなかすいタ」

「もうちょっとだから、待っててね。——そのスマホはどうしたんですか？」

スマホを操る神さまなんて、はじめて見たんですけど。

「麿の飼い主の雇い主に用立ててもらった。金は俺が払っているぞ」

「飼い主さんの雇い主？」

「興味が出てきたか？　紹介してやろうか」

「いえ、それは結構です。かかわる気はないです」

それはきっぱりと断って、質問を変える。

これ以上、ややこしい人間関係を抱えてたまるものか。

「そもそも、耀夜さまはどうやって収入を得ているんですか？　お賽銭？」

「お賽銭は菅原公に捧げられたものだ。それを掠め取ったりするか」

耀夜がムッとした様子で顔をしかめ、首を横に振る。

「ちゃんと労働の報酬として得ている」

「労働？　神さまが？　普通の人間の目には映りもしないのに？」

「もちろん労働と言っても、普通に巷《ちまた》でアルバイトなどをしているわけではないぞ？　俺という存在を知る者の中には、時折俺の神通力《じんつうりき》を借りに来る者もいてな」

「……！　人のお願いを聞いてあげるってことですか？」

「平たく言えばそうだな。さっき話に出てきた麿の飼い主の雇い主も、たまに依頼を持ってくる」

「へぇ、そうなんですね……」

それでお金を取るなんて、なんだか俗な神さまだ。

座卓の上には卓上コンロ。土鍋の中からはくつくつと音がして、あたりにいい匂いが漂いはじめている。――もう少しだ。

「だが、愛よ。違うものを攻撃しようとする者もまた、お前とは違うだけなのだ。理解してやる必要はないが、嫌悪して攻撃するのも、また違うぞ」

「はい、それはわかってます」

自分の邪魔にならなければ、それでいい。好きにしてくれという感じだ。

「お前のその無関心もどうかと思うが」

そのきっぱりとした良い返事が気に入らなかったのか、耀夜がため息をつく。

「まぁ、いい。今はまだ、それは言うまいよ。お前の場合、それも仕方がないことだ。俺相手に愚痴を言えるようになっただけ、よしとしよう」

「う……。申し訳ありません。盛大に愚痴ってしまって。今話した一件も不愉快でしたけど、今日の呑み会は本当に地獄だったので……」

愚痴を吐き出しながらだと、卵白を泡立てる手にも力が入るから、つい。

思わず首を竦めて恐縮した愛に、耀夜が「何を聞いていたんだ」と眉を寄せる。

「俺は、お前が愚痴を言えるようになったことを評価したのだぞ？　謝るな」

「でも、聞いていて気持ちいいものでもないでしょう？」

「いったい俺をなんだと思ってるんだ。北野天満宮の御神木さまだぞ？　お前一人の愚痴を聞いて気分を害したりするものか」

「え？　御神木なのが関係あるんですか？」

「あるだろう。人間が神社に何をしに来ていると思っているんだ。俺は御神木として、毎日千や万の人間の欲やら願いやら想いやらに触れているんだぞ」

「あ……」

そうか。そう言われてみれば、そうだ。

「むしろ、誰にも愚痴すら零せずに思い詰めるほうが問題だ。宮には、そういった者も数多く訪れる。その黒く淀んでしまった思いに触れるのはつらく、やるせないものだ。神が人間にしてやれることなど、ごくわずかしかないというのに」

「え？　神さまにできることは少ないんですか？」

「そうだ。人間を救うことができるのは、結局のところ人間だけだと思っている」

その思いがけない言葉に、目を丸くする。

人間を救うことができるのは、人間だけ——？

「そんなことないんじゃないですか？　だって、人より神さまのほうがずっとすごい力を持っているでしょう？」

「いいや、神が起こす〝奇跡〟が人間を〝救う〟ことはない」

耀夜がきっぱりと首を横に振る。

「神が起こした奇跡が、たまたま人間を〝助ける〟ことがあるというだけだ」

「……？　同じじゃないんですか？」

言い換えただけのように思えるけれど？

「何を言っている。大きく違うとも。そこは間違えてはいけない。間違えたままでは、決して幸せにはなれないぞ」

よくわからない。

首を傾げた愛に、耀夜が「いいか？」と言って、綺麗な人差し指を立てた。

「たとえば……そうだな。あるとき干ばつがひどく、このままでは作物が育たないと、民が神に祈りを捧げたとしよう。神がそれを聞き入れて、雨を降らすという奇跡を民に授けたとする。地は潤い、民は安堵した。これで飢饉《ききん》の心配をせずにすむと」

「はい」

「では、お前に尋ねる。神が与えた奇跡で、人間は幸せになったか？」

「え……？」

それは――もちろん。

「なったんじゃないですか？　だって、飢える心配がなくなったわけでしょう？」

「そうか？　では、質問の角度を変えよう。今、お前には飢える心配はないわけだが、それならお前は今、とても幸せということなんだな？」

「え……」

それはどうだろう？　飢える心配がないイコール幸せということにはならないんじゃないだろうか。

「飢えずにすむかどうかだけで、幸せはかれないような……？」

再度首を傾げると、耀夜がそのとおりだといわんばかりに、大きく頷く。

「そうだろう？　それは何も、お前がこの飽食の時代を生きる人間だからじゃないぞ。大昔の人間とて同じだ。神の奇跡で危機を回避して〝助かった〟のと、〝幸せになる〟のは、まったく別ものなんだ」

「……！」

「飢饉を回避できて、民は助かっただけだ。幸せを得たわけじゃない。俺は、救われるとは、幸せになると同意だと思っている。そしてな、愛よ。幸せになるには、助かるだけでは足りないんだ」

「助かるだけでは、足りない……？」

「勘違いするなよ？　俺とてまがりなりにも神だ。神を信じている人間を否定しているわけじゃない。神を拠りどころとするのは構わん。救われたいと願い、拝むこともな。だがいつの世も、人間を殺すのは人間だ。虐《しいた》げるのも、狂わせるのも、惑わせるのも、絶望に陥れるのも、人間なんだ。決して、魔や鬼や怨霊の仕業ではない」

「……！　それは……」

「神が人間を助けることもない。こんなふうに言うと突き放しているように聞こえるかもしれないが、神と人間では住む世界が違う。だからこそ神は人間の助けにはならない。人間を助けるのも、導くのも、結局のところ人間なんだ。そして、人間が愛するのも。人間を幸福にするのもな。人間の存在や、想い、言葉――そういったものこそが人間を癒やし、満たすんだ。よく覚えておけ」

紅梅の双眸が、愛を見据える。

「それは、決して神の御業《みわざ》じゃない」

それは、考えもしなかったことだった。

神さまよりも人間のほうが、人間に影響力を持つだなんて。

「飢饉を回避できて、暮らしが少しだけラクになり、愛する者と結ばれることができ、子宝にも恵まれて、その子が健やかに育って――ようやく幸せを得る。飢饉を回避して助かるだけでは、暮らしがラクになるだけでは駄目なのだ。人間は人間とともに在らねば、幸せにはなれんのだ」

「人と、ともに……？」

「ああ、そうだ。それこそ、〝見る目〟を持って生まれたお前は、よく理解できるんじゃないのか？」

呆然として手の中のボウルに視線を落とした愛に、耀夜がさらに言う。

「今まで見る目を持ってしまったお前を幾度となく傷つけてきたのは、神やあやかしだったか？　違うだろう？」

「っ……」

ドクッと心臓が嫌な音を立てる。愛は唇を噛み締めた。

ああ、たしかにそのとおりだ。

もちろん、人外のモノに危ない目に遭わされたことは数えきれないほどある。

しかし、普通の人には見えないモノが見えてしまう愛をバケモノ扱いしたり、嘘つき呼ばわりしたり、心無い言葉をぶつけたり、仲間外れにしたりして傷つけてきたのは、いつだって人だった。人外ではなく。

「そう……ですね……」

「人間を傷つけるのも、幸せにするのも、結局のところは人間なんだ。だから悩める人間にとって、違う世界にいる神なんかより、悩みを打ち明けられる人間が傍に一人いるほうが、よっぽど支えになるんだよ。力になるんだよ。本当はな」

そう言って、耀夜が優しく目を細める。

だが、その笑みはどこか寂しげだった。

「だから、ときどきどうしようもなく歯がゆくもなるんだ」

「耀夜さま……」

「さっきも言ったとおり、誰にも愚痴すら零せず思い詰めるほうが問題だ。だから、愚痴ぐらいいくらでも言うがいい。どれだけでも聞いてやるとも。俺は聞くことしかできないしな。だが――」

そこで一旦言葉を切り、小さく肩をすくめる。

「愚痴を聞く相手が人外《俺》でないほうが、お前にとっては幸せなのだと思うぞ」

「そう、でしょうか……？」

自分はそうは思わない。

普通の人には見えない耀夜にだからこそ、言えるのだ。人に零したりしたら、それはそれでまたややこしいことになるのは目に見えている。

人は面倒臭い――今日はそれを何度も痛感した。とくに新人歓迎の呑み会は、本当にひどかった。

お局さま――美玲は、どうやら森本が呑み会を欠席することを知らなかったらしい。あの二人は、森本が欠席するのに、美玲が「今日しか空いてないから」とごり押ししたかのようにあの二人は言っていたが、実はそうではなかったらしい。

「今日しか空いてないから、今日やりましょう」と美玲が言ったのが先で、そのあとで森本が「今日は用事がある」と断り、さらに呑み会自体を拒否。そもそも新人の歓迎会自体を提案したのが美玲だったため、誰も美玲に森本がそれを拒否したことを言い出せなかったというのが真相らしい。

親睦を深める気のない森本（不在）に怒り、呑み会には参加したくないという森本の我儘《わがまま》（と彼女は受け取ったらしい）を許したほかの女性社員たちを乾杯の前に叱責し、歓迎会の雰囲気は初っ端《しょぱな》から最悪なものに。

可哀想だったのは、もう一人の新人——清水だ。美玲を中心としたグループの文句は止まることを知らず、森本の欠席裁判が延々と行われるという地獄の中、彼女はずっと恐縮し切りで、お酒が飲めないことも言い出せずに杯《はい》を重ねた結果、途中で盛大に吐き散らかしてぶっ倒れてしまった。

清水にとっては、「歓迎会とは？」と首を傾げたくなるほどの地獄だったはずだ。本当に気の毒だと思う。

だがその店がまた美玲の大のお気に入りで、普段から懇意にしているとかで、美玲は顔を潰されたとひどく憤慨していたため、その地獄はまだ終わっていない。間違いなく、一週間は嫌みを言われ続けることだろう。

それはもう、気の毒どころの話じゃない。

無関係でいたいけれど、そういうわけにもいかない。

美玲をなだめるのと清水の介抱に全精力を使い果たして、疲労困憊だ。

そしてまだ明日も、何かしらあるのだろう。——もう勘弁してほしい。

こんなこと愚痴らずにはいられないけれど、人にそれを言うのは危険だ。なんらかの拍子に本人の耳に入って、二次災害を生む可能性がある。

だから愚痴を言う相手には、人ではない耀夜が最適に思えるのだけれど。

（人を幸せにするのは、人……？）

本当にそうなのだろうか？

とてもそうは思えないのだけれど。

愛は手の中のボウルを見つめたまま、深いため息をついた。

「耀夜さまは『人との接し方を知らない』と言うわりには、人に詳しいですよね」

「そりゃそうだろう。俺は千年以上もの長きに渡って、人の営みを見守ってきたんだ。詳しくもなる。だが、実際にかかわった人間の数は両手の指で足りるほどだ」

「え？　十人に満たないんですか？」

千年以上もの間で？

「麿の飼い主さんと、その雇い主さんと、私と――これでもうすでに三人ですよね？なのに、全部で十人未満？」

「そうだ。それだけ、俺を認識できる人間は少ないんだ。俺は高貴な存在だからな」

耀夜は自慢げに胸を張って――ふと目の前で勢いよく蒸気を噴き出しはじめた土鍋を覗き込んだ。

「しかし、まだか？　出汁はとっくに沸いていると思うのだが」

「あ、そうでした」

愛はコンロの火を消すと、土鍋の蓋を取った。

瞬間、かつお出汁の良い香りが、部屋中に広がる。

そして、しっかり泡立てた卵白に卵黄を混ぜたものを、出汁の中に一気に流し込み、素早く蓋を閉める。

「このまましばらく蒸したら、完成です」

「このまま？　もう火はつけなくていいのか？」

「お出汁の熱で卵に火を入れるんですよ。そのために熱々に沸騰させたんです」

「なるほど……」

耀夜がひどく感心した様子で、土鍋を見つめる。

「ああ、あの『たまごふわふわ』が食べられるとはな。楽しみだ！」

『たまごふわふわ』とは、一六二六年――江戸時代初期、二条城で徳川家が後水尾《ごみずのお》天皇をもてなす時に出した饗応《きょうおう》料理だと『完本日本料理事物起源』で紹介されている。

実は、有名な『東海道中膝栗毛』にも、将軍家のもてなし料理として描かれていたりする。

その名のとおり、お出汁をたっぷりと含んだふわしゅわなスフレ食感がたまらない卵料理だ。

「お出汁も、今回は本枯れ節でとりましたからね。美味しいですよ。私、呑んだ日のお夜食はこれって決めてるんです。お出汁の香りが最高で、食感もとても楽しくて、するすると入るので。しかも、胃にも優しい」

　おまけに糖質も低いから、深夜に食べても罪悪感がない。完璧だ。

「それより、耀夜さま」

　愛はチラリと横目でナカノマを窺って、声をひそめた。

「たしかに、耀夜さまがごはんを食べに来ることは了承しました。対価として、食材もあれこれいただいてますし」

　先ほどネットで注文していたのも、その対価の一つだろう。

「でも、徐々に頭数が増えてゆくのはどういうわけなんですか？」

　ナカノマの畳の上に転がってくつろいでいるのは、磨と一つ目の女童だけではない。笠を被った子供（豆腐小僧というあやかしらしい）に、小学生ぐらいの大きさで人間の言葉を操る二足歩行の狸もいる。豆腐小僧は二日前に、狸は今日、耀夜が新たに連れてきたあやかしだ。

「ごはんは大勢で食べたほうが美味いものだろう？」

「急に困りますって。用意する身にもなってくださいよ」

悪びれる様子もない耀夜をにらみつけ、小声でピシャリと言う。

「もう増やさないでくださいね。次は家に入れませんよ」

「まぁ、そう言うな。ちゃんと対価は払うから。ああ、そうだ。先ほど買ったのは、『京赤地どり』だぞ。あとは、『京たまご茶乃月《ちゃのつき》』だ。食べたがっていたろう？」

「えっ⁉」

京赤地どりは、無農薬飼料のみで、八十五日間かけて平飼いで育てられる——京都を代表する地鶏だ。

肉質はキメ細かく、歯触りがよく、そのうえしっかりした歯ごたえ——弾力があり、脂と肉汁のバランスがとても良く、調理方法を選ばない抜群の美味しさだと聞く。

京たまご茶乃月は、宇治茶の産地である京都府南部の、標高約二五〇メートルの自然豊かな山間の丘陵地で健康的に育った純国産鶏『もみじ鶏』が産んだ卵だ。

エサに良質なお茶の粉末を加えているため、まろやかで味わい深く、〝たまごかけごはんにもっとも適した卵〟らしい。

「くっ……。京赤地どりと京たまご茶乃月ときたら黙らざるを得ない……」

なぜなら、めちゃくちゃ食べたいからだ。

「うむ。よきにはからえ」

耀夜が満足げにニヤリと笑う。

「お前は独りに慣れすぎだ。騒がしいぐらいでちょうどよかろうよ」

「……耀夜さまは、いつも見透かしたように言いますね」

その紅梅の瞳には、いったい何が見えているのだろう？

しかし正直、かなり余計なお世話なのだけれど。

「……あ、そうだ。耀夜さま、確認しますけど、麿も人と同じものが食べられるって本当ですか？」

「ああ、先日言ったとおりだ。相違ない。大丈夫だ」

「あとから、やっぱり塩分が高いものは身体を悪くするとか、牛乳は消化できないとか、ネギ類は中毒を起こしてしまうから駄目だとか言わないですか？」

「言わんよ。大丈夫だ。あれはもう猫ではない。猫又だ」

「でも、もとは猫じゃないですか」

気になるのは当然だ。

「何度も言うが、大丈夫だ。信用しろ」

まだ不安げな愛に、耀夜が力強く言う。

愛は小さく息をつくと、ナカノマへ視線を向けた。

「さて、できましたよ！　今日は『たまごふわふわ』と、みんなにはおむすびも！」

待ってましたとばかりに、あやかしたちがわっと歓声を上げて駆けてくる。

本日も、賑やかな食事がはじまった。

◇＊◇

「ありえないんですけど！」

「……！」

廊下の最奥にある自販機コーナーから、金切り声がする。

そこに向かおうとしていた愛は、思わず足を止めた。

「会社は好き勝手するところじゃないんですけど！　ちょっとは人に合わせることも覚えてよ！　組織に属すって、そういうことでしょう!?」

壁に身を隠すようにしてそっと様子を窺うと――立ち並ぶ自販機の前に新人の清水と森本の姿が。

「アンタが勝手なことばかりするから、私まで先輩ににらまれちゃったんだから！　本当に迷惑！　いい加減にしてよ！」

ひどく憤慨した様子で詰め寄る清水に——しかし森本はこれでもかと冷めきった目を向けた。

「……何それ。完全に言いがかりでしかないんだけど」

「はぁ!?」

「仕事上で勝手をしたことなんて、一度もないけど？　たしかに、呑み会を断ったり、ランチをみんなと社食で食べるのを断ったりはしたけど、でもそれは仕事ではないし、強制でもないはずだよ？」

「っ……それは……」

「そもそも選択する権利があることに対して、私はこうすると選んだだけの話だけど。それを好き勝手するとは言わないでしょ？」

「か、会社では人づきあいも大事でしょ？」

「その人づきあいをどこまでするかなんて個人の自由でしょ？　プライベートな時間をどう使うかまで干渉する会社があるなら、それはそっちのほうが問題だよ」

「……っ……」

森本の言葉に、清水が悔しげに唇を噛み締める。

愛は壁にもたれて、そっと息をついた。

森本の言い分は、とても正しい。

だが、あの地獄の呑み会を思えば、清水の気持ちもわからないでもない。

あれから二日――。清水の教育係は、とりまきという言葉がふさわしいほどいつも美玲にくっついているベテランの女性社員だ。そのため、必然的に美玲のグループと一緒にいる彼女は、ものすごく居心地の悪い思いをしているはずだった。

「ヒソヒソ話を小耳に挟んだだけだけど、アンタの失態は知ってるよ。だけどそれって本当に私のせいなの？　私はそうは思わないけど」

森本がため息をつきながら、缶コーヒーを買う。

「歓迎会に参加することを選んだのは、アンタ自身じゃない。私への文句に、自分は関係ないって割り切ることができなかったのも、相手にそう言えなかったのも、アンタの問題でしょ？」

「っ……それは」

「お酒は飲めませんって言えばよかったじゃない。それが言えないなら、呑まなきゃよかったじゃない。呑めないってわかっててたらふく呑んだのは、アンタでしょ？　私は関係ないじゃない。全部、アンタが自分で招いたことでしょ？」

「で、でも、アンタが断らなければ、あんなに空気が悪くなることも……」

「はぁ？　空気が悪かったから、アンタが何一つ自制できなかったのが私のせいだって言うの？　冗談でしょ？　責任転嫁もいいとこだよ」

「…………」

清水が唇を噛み締めたまま、俯く。

そんな彼女を一瞥《いちべつ》し、森本は缶コーヒーを取り出すと、素早く身を翻した。

もう話すことはないとばかりに。

「っ……！　ア、アンタ、友達いなかったでしょ！　そんなにも空気が読めなくて、いるわけがないよね！」

悔しくてたまらなかったのだろう。その背中に清水が投げつけた言葉に、愛は思わず目を見開いた。

気持ちはわかる。わかるが——その捨て台詞はあまりにもひどいのではないか。

「…………」

どうしよう。止めるべきだろうか。本気の喧嘩《けんか》に発展したら。

一瞬の迷い。その間に、森本が清水を振り返って、きっぱりと言う。

「アンタも、本当の友達はいないっぽいよね。とにかく人に合わせて、ご機嫌取って、ヘラヘラ笑うだけ。そんな上辺のつきあいしかしてなさそう」

返す刀での反論も、かなりの鋭さだ。清水が顔色を変える。

相当ショックだったのだろう。俯いた彼女の細い肩は震えていた。

しかし、そんな彼女にはもう目もくれず、森本が今度こそ清水に背を向ける。

「売り言葉に買い言葉って知ってる？　言い返されてショック受けるぐらいなら、最初から人を攻撃するもんじゃないよ。これも、アンタは『森本さんにひどいこと言われた』って言うの？　自分が先に言わなけりゃよかっただけなのに？　なんでも人のせいにしてないでさ、自分のことぐらい自分で責任とれるようになりなよ」

森本はそのままさっさと自販機コーナーを出て、そこにいた愛に軽く頭を下げた。

「お疲れさまです」

そして、愛の目の前にずいっと缶コーヒーを差し出す。

「え？」

「これを買いに来たんですよね？」

「あ、うん……そうだけど……」

彼女の手にあったのは、愛がいつも買っている、冷たい無糖のカフェオレだった。

「え？　でも、森本さんが飲むために買ったんじゃ？」

「いえ、コーヒーはブラック派なんで。私」

――ということは、入れずにいる愛に気づいて買ってくれたということか。

「あ、ありがとう……。ごめんね？　こんな……盗み聞きみたいな……」

「いえ、こちらこそ入りづらい状況を作ってしまって、申し訳ありませんでした」

森本が深々と頭を下げて、「仕事に戻ります」と去ってゆく。

愛はその背中を見送って、手の中のカフェオレを見つめた。

（やっぱり好きだな。あの子）

仕事はできるし、考え方もしっかりしていて、好感が持てる。

缶コーヒーについて話したことはないのに、愛がいつも選ぶ物を知っているあたり、『我関せず』と見せかけて、周りのこともよく見ている。

そして――彼女の言い分は、とても正しい。

だが、正しければいいというわけでもないから、難しいところだ。

（これは、さすがにまずいよね……？）

このままでは、仕事にも差し支えが出てしまうのではないだろうか。

二人が仲直りできるように、あるいは居心地の悪さを感じている清水の状況が改善されるように、動くべきだろうか？

しかし、不用意に美玲に物申せば、状況は悪化しかねない。

そもそも、愛は新人二人の教育係でもない。

(どうしよう……)

悩みながら、ため息をつく。

ああ、本当に人づきあいは面倒だ。

◇*◇

明日はお休みだ。休前日の恒例である、おくどさんでのごはん炊き。

「あらまぁ……。今時、おくどさんで炊いたごはんが食べられるなんて……」

耀夜のあと、ついてハシリに入ってきた美しい女性が、嬉しそうに唇を綻ばせる。

長い睫毛に縁どられた美しい赫い眼差しに、抜けるように白い肌。濡れた紅い唇。腰下まである絹糸のような黒い髪――どれをとっても美しい。見たこともないような美女だった。大輪の菊花が描かれた緋色の着物が、またよく似合っている。

「ええと……?」

突然の美女の登場に戸惑っていると、耀夜が「女郎蜘蛛だ。綾女《あやめ》という」と言う。

――なるほど。また新しく連れてきたというわけだ。やめてくれと言っているのに。

愛は内心ため息をつきながら、ペコリと頭を下げた。

「ねぇ、あなた。いつもおくどさんでごはんを炊いているの？」

女郎蜘蛛――綾女が、炭の処理を再開した愛を見下ろして小首を傾げる。

「え？　あ、いえ、休前日と休日だけです」

「じゃあ、お仕事がある日はどうしているの？」

「休前日と休日で一週間分ぐらいのごはんを炊いて、冷凍しておくんです。それを、電子レンジで温め直して食べています」

「あら、そうなの」

「足りない時は、土鍋で炊いたりしますけど」

じろっと耀夜をにらみながら、言う。

このように、予告なしで新しいあやかしを連れてきたりするため、最近ではごはんが足りなくなることが結構あるのだ。

「あらまぁ……。素敵……」

綾女が嬉しそうに頬を染め、目の前にしゃがみこみ、愛と視線を合わせる。

「今時、珍しくっていいわぁ～。あなたみたいな子、大好きよ。男だったら、誘惑して食べちゃいたいぐらい」

「……それ、褒め言葉なんですか？」

「ええ。これ以上はないというほど」

綾女がにっこりと笑う。――そうなのか。あやかしの感覚はわからない。

愛は「そうですか。ありがとうございます」と小さく肩をすくめて、立ち上がった。

「さ！　今日のお夜食はＴＫＧ――たまごかけごはんです！」

たまごかけごはんを侮るなかれ。かの魯山人《ろさんじん》が、一番のおもてなし料理と称したのが、何を隠そう『たまごかけごはん』だ。

それはもちろん、当時は卵が一番の贅沢品とされていたからでもあるけれど、卵の美味しさを味わうには、たまごかけごはんが一番だと思っている。

さらに、昨日届いた耀夜からの貢ぎものである京たまご茶乃月は、そのたまごかけごはんにもっとも適した卵とされている。黄身の割合が多く、味は濃厚で、とっても美味しいと評判だ。

「みなさん、まずは手洗いです」

全員に手洗いを。磨と狸には足をしっかりと拭いて、オクへと移動してもらう。

愛はお茶碗と卵を掻き混ぜる用の小鉢を全員分運んで、お櫃を持っておくどさんへ。

木の蓋を持ち上げると、米独特の甘い香りがする白い湯気が立ちのぼった。

しゃもじで「心」の文字を刻んで、しっかりとひっくり返す。

（……うん。今回も一粒一粒がつやつやで、しゃっきり立っていて、上手く炊けた）

炊き立てごはんをお櫃に入れて、オクへと運ぶ。

続いて、ダイドコから香のもの、籠に盛った京たまご茶乃月と、調味料各種と薬味各種を持ってきて、座卓の上に並べる。

「普通のお醤油、牡蠣《かき》醤油、たまごかけごはん専用醤油、九州たまり醤油、めんつゆ、白だし、お好みソース、オイスターソース、マヨネーズ、藻塩、自家製ハーブソルト、ごま油、砂糖、味の素。あとは海苔《のり》の佃煮、自家製あさりの時雨煮、塩辛、明太子に、食べるラー油、こんなのも合いますよ」

愛が示したインスタントの松茸のお吸い物を見て、耀夜が目を丸くする。

「あとは、『京こんぶ千波《ちなみ》』さんの『ラー油きくらげ』に『おやじなかせ』、『大入り松茸昆布』と『ちりめん山椒』も。薬味も刻んだ小口ネギにみょうがにといろいろ」

みなが、興味津々でそのラインナップを見つめる。

「香のものは、キュウリと白菜の浅漬けに山芋の山葵醤油漬けです。好きな調味料で好きなように楽しんでください。いろいろ試したいなら、お茶碗によそったごはんに卵を混ぜ込んでから、半量小鉢に取り分けて、それぞれ味つけするといいですよ」

そんなみんなの茶碗にごはんをよそいながら、しっかり説明する。

「どんな組み合わせで楽しむも自由ですが、一つだけ約束です。作った分は、ちゃんと食べ切ること。お残しは許しません。いいですか？」

愛の言葉に、あやかしたちが大きく頷いた。

「では、どうぞ」

にっこり笑うと、あやかしたちが両手を合わせて、しっかりと頭を下げた。

「いただきます！」

今日も、美味しいごはんと真心をありがとう。

そんな感謝の気持ちを受け取って、愛の胸も温かくなる。

「ねぇ、オイスターソースってなぁに？」

「牡蠣を原料にしたソースです。あ！　お好みソースとオイスターソースは、そのままごはんにかけると大事故に繋がるんで、試してみたい人は言ってください」

お好みソースとオイスターソースにかんしては、ごはんに白身とソースを混ぜ込み、一度電子レンジで加熱してから、黄身をトロリとかけるのが正しい作り方だ。

「卵の味を楽しみたいなら、ごはんに醤油をかけてさっくりと混ぜてから、溶いた卵をかけるといいですよ」

そう言いながら、藻塩と少量のごま油、味の素をごはんにかけて、軽く混ぜてから、卵を落とし込む。これが愛のお気に入りだ。

「麿には、塩辛と鰹節を混ぜてあげるね」

「ウン！」

早く早くとそわそわしながらも、目の前に出されるまできちんと待ってる麿は本当に良い子だ。

「俺は、たまごかけごはん専用醤油にちりめん山椒だな」

「あらぁ！　このあさりの時雨煮、美味しいわぁ！」

目を丸くした綾女の横で、一つ目女童はラー油きくらげに食べるラー油を合わせる。真っ赤に染まった茶碗の中身に一瞬怯むも、女童は幼子の見た目に反して辛いものが大好きだったと思い出す。鍋をした時も、七味をこれでもかとかけていたんだった。

「いやぁ！　本当に美味しいですな！　ああ、私は無難が一番なもので、お醤油だけなんですがね？　これは本当に美味しい！」

狸が箸を振り振り、絶賛する。

「ああ、丁寧に炊いたごはんと、健康に育てられた鶏の美味しい卵、もうそれだけで立派な御馳走ですな！　たまりませんな！」

「よかった。どんどん食べてくださいね」

自分だけのたまごかけごはんを作って、楽しむ。正解なんてものはない。間違いもない。みんな好き好き。みんな違って、みんな美味しい。

それでいい。

ごはんが美味しければ——それだけで幸せだ。

「お漬けものも最高！　ああ、あなた、本当にいいわぁ〜！」

綾女が感激した様子で、隣に座る愛へと白くて美しい手を伸ばす。

「お嫁に来ない？　お嫁に来て。大事にしてあげるから。可愛がってあげるから」

するりと誘うように頬を撫でられる。

絶世の美女にそんなことをされたら男性でなくともドキッとしてしまうけれど、それは愛にとっては決していい意味ではないことを、忘れてはいけない。

愛は小さく息をついて、その手をそっと押し戻した。

「いや、でもそれって、私は食べられるってことですよね？」

「あら、ちゃんとギリギリまでは我慢するわよぅ。あなたと長く一緒にいたいもの」

「いや、でも、最終的にはやっぱり食べられるんですよね？　女郎蜘蛛さんの愛ってそういうものなんでしょう？」

「そう。愛しいものは食べるの。そうして一つになるの。それが私たちの悦び。虫には、よくあることよ。交尾をしたあとに、メスがオスを食べるっていうのは」

「それを否定はしませんけど、私は食べられるのは困るんで」

きっぱり断ると「あん、つれないわねぇ。そんなところも好きよ」と素敵すぎるウインクと投げキスを寄越される。

「ダメ。チカはみんなの」

麿が愛の膝に飛び乗り、綾女に牙を剝き出す。

「ひとりじめ、ダメ」

「え～？　ケチねぇ」

「ケチ、ちがう。チカは、みんなの！」

「麿……」

「――そうだな」

不満そうな綾女を見つめて、耀夜が目を細める。

「諦めろ。愛はみんなのものだ」

「そうなの？　耀夜さまは、この子を手に入れたいから通ってるんじゃないの？」

「え……？」

思いがけない言葉に耀夜を見ると、本人も初耳だったのか、「なんだ、それは？」となんとも渋い顔をする。

「変な勘繰りをするな。そういうわけではない」

「ええ？　そうなのぉ？　耀夜さまが人間の女の子にご執心だって、結構な噂よぉ？」

「どこから出た噂だ。それは。馬鹿を言うな。こんなちんくしゃな娘を落とすために、せっせと通ったりするか。この俺が」

「えっ⁉　なんですか⁉　そのストレートな悪口」

思わず目を丸くして、耀夜を見る。

「えっ⁉　待って。今、私をディスる必要ありました？　ものすごい角度で被弾して、びっくりしたんですけど」

「そうは言ってもお前、美しく高貴な俺と自分が釣り合うとでも思っているのか？」

「めちゃくちゃ言うじゃないですか……。タダ飯食らいのくせして」

「タダ飯食らいではなかろう！　ちゃんと貢いでいるだろうが！」

プライドを傷つけられたのか、なかなか激しめの反論が来る。

「なによぅ。やっぱり貢いでるんじゃない。この子がほしいからでしょ？」

「違う！　そうではない！　目当ては、こいつの作る飯だけだ！」

「……それはそれで最低じゃないですか？」

何を堂々とのたまっているのか。

「それに、仮に俺が本当に愛を狙ってるんだとしたら、お前が困るだろう」

「え？　私ぃ？　なぜ？」

「なぜって……わからないか？　本当に俺が愛を手に入れようと思っていたとしたら、今の発言は殺されても文句が言えないぐらいデリカシーのないものだぞ」

「……！」

綾女がピタリと口を噤む。

「人間の世界でも、今のはいわゆる〝空気が読めない〟発言だろう？　愛よ」

「……まぁ、たしかにそうですね。外野が余計なチャチャを入れたら、まとまるものもまとまらなくなるのが普通だと思います。下手すれば、馬に蹴られて死んじまえ案件になりかねないと……」

頷くと、耀夜が満足げに口角を上げて、綾女を見る。

「そういうことだ。高貴な俺の一挙手一投足を注目したくなる気持ちはわかるがな、不用意な発言は自分の首を絞めるぞ」

「……わかったわよ」

渋々といった様子で、綾女が頷く。

「諦めればいいんでしょう？」

「そうだ。愛はみんなのものだ」

紅梅の双眸が意味ありげに煌《きら》めき、愛を映す。

「決して、〝おひとりさま〟ではない」

「……！」

ひどく意味深な言葉に、愛は思わず目を見開いた。

それは、どういう意味だろう？

「耀夜さま……？」

「愛よ。〝みんな違って、みんないい〟——それは結構だ。だが、そのみんなの中に、はたしてお前は参加できているか？」

「みんなに、参加……？」

「そうだ。ごはんを美味しいと思える環境を、最低限お前は守らねばならないぞ」

「…………」

愛は手の中の茶碗に視線を落とした。

（参加、できているか……？）

参加しなきゃいけないということだろうか？　我関せずでいてはいけないと？　ラクだからという理由で、人づきあいをせず、孤立していてはいけないと？

（ごはんが美味しいと思える環境……）

ごはんを美味しいと思えなくなったらいけないということだろうか。

（ごはんは、ちゃんと美味しいけど……）

しかしたしかに、胸に一つ引っ掛かっていることがある。

新人二人の喧嘩――。あのあと、結局愛はどちらにも声をかけることができず、森本から缶コーヒーをもらっただけで終わってしまった。

このままではよくないと思いながらも、何もしなかった。

外野が余計な口出しをすれば余計に拗《こじ》れてしまうのではと危惧したのもあるが、それ以上に面倒ごとはごめんだという気持ちがあったことは否定できない。

どちらかがあからさまに間違っていればもっと問題は単純だったろうに――どっちも間違っていないからこそ、ややこしくて。

「うむ、美味い！」

一杯目をペロリと平らげた耀夜が、二杯目のごはんをよそう。

「さて、次はどんな味にするか……」

意味深な発言をしたことを忘れてしまったかのように、もう目がごはんに釘付けだ。

もう少し、自分の発言には責任を持ってほしい。投げっぱなしにしたりせず。

「チカはみんなの」

麿が自分の食器の前に戻って、愛を見上げる。

「チカ、みんなとごはん、オイシイ？」

みんなと。

(みんなと一緒。それってつまり、〝みんな〟に参加しているってことだよね？)

ワイワイガヤガヤと、賑やかな食卓。

たしかに、少し前までは考えられなかった。

ずっと独りきりだった。それが〝普通〟で、〝当たり前〟だった。

その時から、自分は何も変わっていないはずだ。日々作っている料理も、何一つ。

だけど——。

愛は麿を見つめて、にっこりと笑った。

「そうだね。美味しい！」

人を駄目にする
お豆腐カルボナーラ

ほど近くから聞こえた子供の泣き声に、愛はビクッと背中を震わせた。

「うあぁあああ！　おかぁさ～ん！」

振り返ると、小学校に上がったぐらいの歳だろうか。ピンクのニットワンピース姿の女の子がいた。涙と鼻水で顔をべしょべしょにして泣いている。迷子だろうか？

「…………」

すぅっと体温が下がってゆく。

子供の泣き声は苦手だった。——昔を思い出すから。

愛はぶるっと身を震わせると、慌てて視線を巡らせた。

（お母さんは……？）

今出川通《いまでがわどおり》、北野天満宮——天神さんの『一の鳥居』のほど近く。

鳥居前にはタクシーがずらりと並び、あたりはたくさんの観光客で賑わっている。

だが、女の子の呼びかけに答える声はない。待機中のタクシーの運転手さんたちも、通りを行き交う多くの人々も、愛と同じく一様に「どうしたのだろう？」と心配そうな視線を投げかけるのみ。

「うあぁああぁ～！　おかぁさ～ん！」

女の子はさらに大声で泣きながら、その場にしゃがみ込んだ。

（どうしよう……）

声をかけたほうがいいだろうか。

だけど、まったく知らない人間が声をかけるのはどうなのだろう？　悪戯《いたずら》にこの子を怖がらせてしまう結果になってしまわないだろうか。

「…………」

声をかけることもできず、かといって立ち去ることもできず、女の子を見つめる。

その時、だった。

「あいこっ！」

硬質で厳しい声がして、その瞬間、女の子がビクッと顔を上げる。

「あっ！」

女の子はぱぁっと顔を輝かせると、素早く立ち上がった。

「お、おかぁさ……！」

「もう、この馬鹿っ！　何やってるのよっ！」

あたりに響き渡るような鋭い怒声に、女の子が弾かれたように両手で頭を庇《かば》う。

とっさのその行動は——いつも彼女がされているであることを容易に連想させた。

ザワリと、背中が戦慄《わなな》く。

「よそ見しないで、ちゃんとついて来なきゃ駄目でしょ！　何度言わせるのよっ！」

「……ご、ごめんなさ……」

激しく怒鳴りつけられて、女の子の大きな瞳から新たな涙がぼろりと零れる。

「うあぁ～ごめんなさい～！」

「もう！　早く行くよ！　遅れちゃうでしょ！」

そう叫んで、母親らしき女性が踵《きびす》を返す。そのまま、すたすたと歩き出す。

女の子は慌てた様子で涙を拭い、駆け出した。

「あ、あ、待って！　待って！　おかぁさん！」

「早く来なさい！」

女性の金切り声に、思わず俯く。

ああ、手を引いてあげてほしい。そんな歩幅で歩かないであげてほしい。

胸が苦しくなってしまって、愛は唇を噛み締めた。

どうか、興味がないみたいな態度はやめてあげてほしい。

「手ぇ引いてやりゃあええのに。あない歩幅じゃ子供はついて行かれへんやろ」

成り行きを見守っていたタクシー運転手の一人が、ポツリと零す。

「そんなこともわからへんのかな。今時の若いお母さんは」

「今時とか関係あれへんやろ。あのお母さんがわかってへんだけや」

「イライラせんと、もうちょっと子供の立場に立ってあげてほしいなぁ」

「そうやで。子供に追いかけさすんはあかんわ。背中を追うのに夢中で、子供は平気で車道に飛び出したりすんねんから。ちゃんと見とったらんと。なぁ？」

車の外に出て休憩中のタクシー運転手たちが、ため息まじりに口々に言う。

「――お姉ちゃん、大丈夫か？　真っ青やけど」

さらに別のタクシー運転手が、立ち尽くしていた愛の顔を覗き込む。

愛はハッと身を震わせて、その男性を見上げた。

「あ……だ、大丈夫です……。ちょっと……」

昔を思い出してしまっただけだ。

震えを誤魔化すようにヒラヒラと手を振ると、男性が心配そうに眉を寄せる。

「大丈夫か？　送ったろか？」

「いえ、大丈夫です。家、すぐそこなので」

「ほんなら、ええけど。ほんまに大丈夫か？」

「はい。ありがとうございます」

深々と頭を下げて、愛は素早く踵を返した。

だが、心は震えたまま。なんとなく家に帰る気になれず、愛はそのまま天神さんの北側にある平野神社に足をのばした。

平野神社は、七九四年——奈良時代末期の延暦十三年、『続日本紀』にもその記述があるとおり、桓武天皇生母の高野新笠《たかののにいがさ》の祖神として平城京の宮中に祀られていた神祠《しんし》が、平安京遷都に伴い、平野の地に移されたことにはじまるという、歴史の古い神社だ。

本殿は四殿二棟からなり、そのいずれも『比翼春日造《ひよくかすがづくり》』——あるいは『平野造』と呼ばれる独特の形式の造りで、国の重要文化財に指定されている。

趣深く、とても美しい神社だ。

一殿一柱ずつ神が祀られており、第一殿の祭神は今木皇大神《いまきのすめおおかみ》、活力生成の神さまだ。第二殿は久度大神《くどのおおかみ》で、おくどさん——竈の神さまだ。生活安泰のご利益があるという。

それもあって、平野神社にはよく訪れている。

本殿の右近の橘《たちばな》は黄色く色づき、左手にある十月桜も綺麗に咲いている。

平野神社は、平安中期に花山《かざん》天皇により境内に数千本の桜が植えられ、その桜苑が現代でも有名で、桜の季節には多くの観光客で賑わう人気スポットとなっているが、実は年中さまざまな花々が楽しめる。十月桜もその一つだ。

十月桜はその名のとおり、秋に咲く桜だ。

よく見るソメイヨシノほど華やかではないが、楚々として美しい。

「綺麗……」

秋晴れの空の下、風に揺れる清楚で可憐な白い花を見上げて、ホッと息をつく。

（落ち着いて……。大丈夫……）

あの子はいらないもの扱いされたわけじゃない。その証拠に、母親は息を切らして駆け戻ってきた。怒鳴って叩いたのは、それだけ心配したからにすぎない。

（大丈夫……。大丈夫……）

あの子は、いらない子じゃない。

母親は、ちゃんとあの子を必要としている。時間に遅れてしまうという焦りからか、少しイライラしてしまっていただけだ。

（大丈夫……。私とは違う……）

早鐘を打っていた心臓が静まってゆく。

それに合わせて、身体の震えも治まってゆく。

（大丈夫……。あの子は大丈夫だから……）

まざまざと脳裏によみがえってしまったトラウマを、もう一度記憶の底に押し込む。

愛は拝殿の前にしゃがみこむと、目を閉じて、肺の中のすべての空気を吐き出した。

「……うん。大丈夫」

少し動揺してしまったけれど、もう大丈夫。

愛は美しい拝殿を見上げて、目を細めた。

「私は大丈夫」

◇*◇

「変な顔をしているな」

「ストレートな悪口」

家に入ってきた途端、それか。

愛は炭の処理をしながら、ムッと眉を寄せた。

「そりゃ、私は耀夜さまのように美しくはないですよ」

「そりゃ、俺のように高貴で美しい者などそうそう存在するわけがなかろう。当然だ。

千年以上もの間、俺は俺ほど美しいものを俺のほかに見たことがない」

「自画自賛もここまでくると、いっそ気持ちがいいですよね……」

呆れてそれだけ言うのが精一杯だ。

「清々《すがすが》しくていいだろう？　俺ほどの遥かなる高みの存在が、謙遜なんてしてみろ。それこそ嫌みだろうよ」

「そうですか？　謙遜はいいことだと思いますけど」

「そうか？　俺で美しくないという評価になるなら、自分はいったいどれほどのゴミクズなのだろうと悲しくなったりするだろう？」

「変な顔の次は、ゴミクズですか。今日はやけにディスってくれるじゃないですか」

事実にしたって、もう少し気を遣ってくれてもいいのではないか。

毎日毎日、ごはんを食べさせていただいている身分なのだから。

「いや、別にお前を貶《けな》したいわけではないのだが……。なんと言えばいいのかな」

むぅっと顔をしかめると、耀夜がまるで言い訳するようにそう言って、何やら腕を組んで考え込む。

愛はやれやれと肩をすくめて、立ち上がった。

「いい匂い～。ねぇねぇ、愛ぁ～。今夜のごはんはなぁに？」

途端に、綾女がぎゅうっと抱き着いてくる。

「ねぇねぇ、白いごはんの匂いじゃなくなぁい？　すごくいい匂いがするわぁ～」

「あ、今日は和食じゃないんですけど、大丈夫ですかね？」

「私は大丈夫よ」

愛を抱き締めたまま、綾女がうんうんと頷く。

「フレンチやイタリアンはよく食べるわよ。男が考える〝女を落とせる勝負飯〟って、やっぱり和食以外が多いもの。現代《イマ》はね」

なるほど。それは、たしかにそうかもしれない。

「だったら、綾女さんは普段から良いものをたくさん食べてらっしゃるでしょう？　私のごはんなんて口に合うんですか？」

「高価って点では、たしかにいいものばかり食べてるわよ。でも、愛のごはんが一番。温かい……心のこもった家庭料理。それ以上の御馳走はないわ」

「そう……ですか？」

「ええ。もちろん料理人は、真心込めて料理を作ってくれていると思うわよ？　だけどそれを私に振る舞う男たちのほうは違う。必ずそこには別の思惑があるわ」

「思惑……。綾女さんを手に入れるため、とかですか？」

「そうね。あるいは、自分の価値を見せつけるため、だとか。どちらにしろ欲望に直結していることがほとんどね。それはそれで悪くはないんだけどぉ……」

綾女が「私はそれを糧にしているわけだしね？」と微笑む。

「でも、愛のごはんにはそれがまったくないの。食べる者のことだけを考えて、丁寧に丁寧に作られた料理。私、そんな素敵なもの、今まで食べたことなかったのよ」

そう言って、綾女は愛の目を覗き込むと、さらに笑みを深めた。

妖艶で魂が抜かれてしまいそうなほど美しいけれど、穏やかで優しい——微笑み。

「だから、沁みるの。美味しいの。大好きなのよ」

トクンと心臓が音を立てる。

自分のために、自分が美味しいと思うものを作っていただけなのに、それも簡単な料理ばかりなのに、そんなふうに言ってもらえるだなんて——嬉しい。

かぁっと顔が赤くなってしまう。愛は俯いて、小さな声でもごもごと呟いた。

「そ、それは……よかったです……」

「ふふ。照れちゃってぇ〜。もう可愛いんだからぁ〜」

綾女がくすくす笑いながら、愛の頭を撫でる。

「で？　今夜のごはんはなぁに？」

「あ……。イタリアン風の炊き込みごはんです」

お米にトマト缶とフレッシュなトマト、きのこ類、乾燥バジル、オリーブオイルで炒めたにんにくと玉ねぎとピーマン、顆粒タイプのコンソメを入れて普通に炊く。

炊き上がったら、グリルしておいた鶏肉と粉チーズを入れて混ぜ合わせるだけ。

簡単だけど、とても美味しい。

「汁物は、あっさりめのオニオンスープ。つけ合わせは、ペペラタトゥイユです」

「ペペラタトゥイユ？」

「トマトで煮込むラタトゥイユじゃなくて、ペペロンチーノみたいにお野菜を鷹の爪とにんにくとたっぷりのオリーブオイルで炒めて、最後に白ワインと顆粒のコンソメを少量入れてサッと煮て完成のラタトゥイユです。美味しいですよ」

「へぇ～！」

あやかしたちも食べるなら、和の味つけのほうがいいかとも思ったけれど、今日はどうしても洋風のごはんが食べたかった。

「いつもとはかなり趣が違うので、これは食べられないなと思ったら言ってください。冷凍した白ごはんもあるので、そちらを出しますからね」

あやかしたちが「はーい」とお返事をして、手を洗いにダイドコへ入ってゆく。

もう慣れたもので、何も言わずとも、一つ目女童が手洗いのあと濡れ布巾を用意し、それで磨と狸がしっかりと足を拭う。

「あ、今日はお箸じゃなくてスプーンとフォークね」

「すぷーん？」

「お箸が入ってる引き出しに一緒に入ってるよ。先が丸いのと、三つ又のもの」

「わかった。それを、頭数分？」

「そう。いつもお手伝いありがとう」

頭を撫でると、女童が「へへへ」と笑って、ダイドコに入ってゆく。

その背中を見送って愛は目を細めると、気を取り直しておくどさんに向かった。

「さて、じゃあごはんを仕上げないと。綾女さん、放してくれます？」

「ねぇ、愛。今日、何かあったの？」

「え……？」

思いがけない言葉に目を見開いた愛の頬を、白くて美しい手が優しく撫でる。

「ちょっと表情が暗いわ。嫌なことでもあったの？」

「あ……」

「ああ、そうだ！　俺が言いたかったのは！」

ずっと考え込んでいた耀夜が、ポンと手を打つ。

「やっぱり変な顔をしているだろう？」

「あ、そういう意味だったんですか？」

「やぁだ。耀夜さま。それじゃあ伝わるわけないわよぅ。変な顔って思いっきり悪口じゃないの。女の子に言っていい言葉じゃないわ」

「すまない。適切な言葉を見つけられなくてな」

紅梅の双眸が、まっすぐに愛を見つめる。

「昼間に何かあったな？　そういう顔をしている」

「…………」

愛はそっと息をつくと、お釜の蓋を取った。

トマトとバジルのよい香りが、あたりに広がる。

「……買いもの帰りに、母親が子供を怒鳴りつける場面に遭遇してしまって」

もうグリルした鶏肉は混ぜ込んである。その上にパルメザンチーズをまんべんなく振りかけて、もう一度釜底からしっかりとごはんをひっくり返す。

「私は、ただ見ていることしかできなくて……」

「……ふむ」

「ただそれだけのことなんです。深刻なことではないんですよ」

だから、大丈夫。気にすることじゃない。

そう言って笑って、綾女に放してもらって、ダイドコから和風のカレー皿を頭数分持ってくる。

「その言い方だと、嫌なものを見て気分を害したというよりも、ただ見ていることしかできなかった自分に嫌気がさしたというように聞こえるな」

「……！」

その言葉に、ごはんをよそう手がビクリと止まる。

「そ、それは……」

「お前にとって、見て見ぬふりをすることは悪か？」

愛は唇を噛み締め、首を横に振った。

「いいえ。なんでも首を突っ込むのがいいこととは限りませんし……」

「まぁ、そうだ。俺も、正義でも悪でもないと思っている。正解でも不正解でもない。ということは、お前は悪いことをしたわけでも不正解を選択したわけでもないのだが、ではなぜお前は憂いている？」

「……それは……」

愛のほうこそ、訊きたかった。

最初は、あの女の子の姿から過去の自分を思い出して、取り乱してしまった。だけど、すぐにそれらを記憶の底に封じ込めることに成功して、落ち着きを取り戻せたのに——

どうしてだろう？　ずっと胸の内のモヤモヤが晴れない。

愛は目を伏せ、再び首を横に振った。

「わかりません……。自分の気持ちを、うまく説明できません……」

「俺も、一度あることを見て見ぬふりをしてしまったことがある。それは、俺の心にひどいモヤモヤを残した。長いことな。だから俺は、二度としないと誓った」

「……！　耀夜さまにも、ですか？」

「ああ、そうだ。――愛よ。人づきあいを避ける、独りでいる、それでお前は本当にラクになったか？」

「っ……それは……」

愛は口ごもり、耀夜を見つめ返した。

優しい紅梅の双眸は、だけど同時に誤魔化すことを許さない厳しさも秘めている。

「私は……」

「参加しないことにも、心は傷つくんだ。厄介なことにな」

「参加しないこと、にも……」

「さらに厄介なことに、正義や正解を選択していればいいというわけでもない。心というものはひどく曖昧で、揺れやすく、繊細で、優しい」

大きく、力強く、だが一分の隙もなく爪の先まで美しい手が、愛の頬を撫でる。

「よい機会だ。よく考えよ。愛。他者を拒絶して独りでいる生き方で、お前は本当に幸せになれるのか。常に心穏やかで在れるのか」

「耀夜さま……」

「人ではないが、それでも我らとともにごはんを食べるお前は、もっといい顔をしているぞ」

トクンと心臓が小さく跳ねる。

そう――なのだろうか。自分ではよくわからない。

だけど最近、前よりもごはんを美味しく感じているのはたしかだ。

それは、一人ではないから？　誰かと一緒だから？

「だが、今はめしだ。早くよそえ。冷める」

「………」

最後にピシャリと言われて、思わずため息をついてしまう。

「耀夜さまぁ〜。すごくいいこと言ってたのにぃ〜」

「だからなんだ。めしが不味くなってしまっては意味がなかろう。俺は、これを食べに来ているんだからな」

「それ、愛より愛の作るごはんのほうが大事って言ってるように聞こえますよ？」

「聞こえるも何も、そう言っているんだ」

何一つ恥じ入ることなく、堂々とのたまう。いっそ清々しい。

愛は再度ため息をついて、カレー皿を耀夜の前に突き出した。

「じゃあ、運ぶの手伝ってください」

「うむ、よし。任せよ」

なんだか嬉しそうに頷いて、耀夜が皿を手にオクへと入ってゆく。

「耀夜さまってば姿形は欠点が一つもないパーフェクトなのに、中身はそこはかとなく残念よねぇ～」

その背中を見送って、綾女がやれやれと息をついた。

「相談にのってあげられるほど人間の心の機微がわかっているわけではないけれど……そんな私でも聞くだけならできるから、話を聞いてほしい時はいつでも言ってね」

「はい……。ありがとうございます……」

気遣いに溢れた優しい言葉に、じんわりと胸が熱くなる。

（ああ、気づいてもらえる、心配してもらえるというのは、嬉しいものなんだ……）

見て見ぬふりは、たしかに悪ではないのかもしれない。

でもそれが、こんなふうに優しく心に響くことは、きっとないのだろう。

◇＊◇

「まったく……！　いい加減に鬱陶しいわね……！」

美玲が聞こえよがしに言って、デスクの上の煙草ケースをひっつかむ。

そのまま苛立ちを隠そうともせず大きな音を立てて立ち上がって、足早にオフィスを出てゆく。

その背中を見送って、森本以外の全員がやれやれと息をついた。

たしかに息が詰まる。鬱陶しいと言いたくなる気持ちもわかる。

（でも、この雰囲気を作った原因の一端は、間違いなく美玲《あなた》だよ……）

おそらく、森本以外の誰もがそう思っているだろう。

愛が新人二人の言い争いを目撃してから、一週間と少し。その冷戦は、かなり深刻な状況となっていた。

二人はすべてにおいて、根本から考え方が違っているのだ。これほど水と油なのも珍しいだろう。

それだけでも衝突する下地は十分だというのに、やはり清水はお局的存在の美玲ににらまれてしまったことが相当堪えているらしい。

それ以降は大きな失敗はしていないものの、小さなことで美玲に嫌みを言われたり、意地悪をされるたび、どうしてもそのフラストレーションが森本へ向かう。

森本は森本で、自分は間違っていないという絶対の自信を持っていて、一歩も譲る気はないらしい。そのため清水の文句には、毎回これでもかというほど辛辣な言葉で応戦する。正論だけに、その切れ味は鋭い。

考え方も価値観も大きく違うせいか、言い争いは毎度平行線を辿る。

大概は、清水が言い負けて、トイレか給湯室に泣きに行く形でバトルは終了する。

今も、それで離席中だ。

たしかに、いい加減にしてほしいと言いたくなるほど、オフィスの雰囲気は最悪だ。

これでは業務に差し支えてしまう。

『よく考えよ。愛。他者を拒絶して独りでいる生き方で、お前は本当に幸せになれるのか。常に心穏やかで在れるのか』

耀夜の声が脳裏によみがえる。

愛はぐっとお腹に力を込めると、意を決して立ち上がった。

「あの、資料室の整理をしてきますね。ついでに、その……」

視線が集まる。愛は怯みそうになる自分を叱咤《しった》して、言葉をつづけた。

「給湯室にも行ってきます」

瞬間、森本以外の社員が目を丸くする。

それもそのはず。森本ほどひどくないけれど、愛も愛で立派に協調性がない人間と認識されているのだ。他者との間にはしっかりと壁を作り、プライベートについては何も語らず、プライベートのつきあいもまったくせず、社内でもとくに誰とも仲良くすることはなく、人間関係のトラブルにかんしても徹底的に我関せずを貫く。

呑み会も、誰かの歓迎会や送別会以外はほぼ出ない。社員旅行や会社のイベントも、できるかぎり欠席する。

とにもかくにも、極力人づきあいというものをしないできた人間なのだ。

それが、自ら進んで給湯室で泣いている新人のところに行くと言い出したのだから、驚くのも当然だろう。

「いってらっしゃい……」

みながびっくりまなこのまま、ヒラヒラと手を振る。

愛は資料室の鍵を手に、オフィスを出た。そのまま、まっすぐ給湯室へ。

中では、清水が身体を震わせて泣いていた。

「清水、さん……」

おずおずと声をかけると、その細い肩がビクッと跳ねる。

清水は慌てた様子で涙を拭いながら、愛を振り返った。

「あ……す、すみません……。すぐ、仕事に……戻……」

「ううん。戻らなくていいよ。資料室の整理を一緒にするって言ってきたから」

「え……？」

清水が大きく目を見開く。

「落ち着くまで、資料室にいて大丈夫だよ」

親切することに慣れていないため、言葉も笑みもなんとなくぎくしゃくしてしまう。

それでもホッとしたのか、清水の表情が少しだけ緩む。

「あ……ありがとうございます……」

「気にしないで。大丈夫だから」

資料室へ案内して、清水とともに中へ。

広さはあるものの、窓の一つすらない、スチール製の棚がずらりと並ぶだけのひどく殺風景な部屋。静かで、ひんやりとしていて、紙とインクの独特な匂いに満ちている。

愛は、ドアからは見えない奥まった位置に清水を連れて行くと、そこに置いてあった踏み台に彼女を座らせた。

「大丈夫。清水さんは、間違ってないよ」

「……！　相良さん……」

「森本さんも間違ってはいないけどね。彼女の言葉は、いつもド正論ド真ん中」

清水が唇を噛み締め、下を向く。

「でも、世の中って必ずしも正義が勝つようにはなってないから。正しいだけじゃどうにもならないことはたくさんある。正しければいいってものじゃない」

人間関係こそ、正しいだけではいけない最たるものだろう。

「森本さんは正しいけれど、少し他者への思いやりが欠けているように思うよ」

「そう……ですよね……？」

「だけどそれだって、あくまで〝私の意見〟であって、〝正解〟じゃないんだよね」

万人が、「そうだね」と共感してくれるわけじゃない。

「難しいよね。どちらも間違ってないんだもん。もっと白黒がはっきりつく問題なら、簡単に解決できたんだろうけど……」

「…………」

「だけど、やっぱり森本さんも正しいと思う。どうしても人の目は気になるものだし、適度に気にすることはいいことだとも思うよ。まったく気にしないと、ただ空気が読めない人になっちゃうから。でも人の目だけ気にしていても、疲れちゃうと思う」

愛は床に膝をつくと、清水と視線を合わせた。

「そういう無理は絶対に長く続かないから、清水さんはもっと自分の心の平穏を優先していいと思う」

「私の心の平穏……ですか……？」

「うん。会社っていう小さなコミュニティの中のことだからこそ、イライラせずに、悲しい思いもせずに、一番自分の心がラクな道を選んでいいと思う。それもまた、絶対に間違ってはいないから」

耀夜の言葉が、脳裏に響く。

『さらに厄介なことに、正義や正解を選択していればいいというわけでもない。心というものはひどく曖昧で、揺れやすく、繊細で、優しい』

ああ、そのとおりだと思う。

正か誤か、白か黒か、正義か悪か、それだけで割り切れたらどんなにラクか。

でも、人の心はそれで杓子定規にはかれるものではないから。

「森本さんにイライラしちゃうのはわかるけど、でもそれを本人にぶつけたところで、清水さんはラクになった？」

清水がハッとした様子で愛を見る。

「それは……」

「私はそう は思わない。仮に彼女を言い負かすことができたって、森本さんも間違っていない以上、どうしたってモヤモヤは残ってしまうんじゃない？」

「………」

「間違っていない人に無理やり『ごめんなさい』と言わせる行為は、やっぱり理不尽だもの。清水さん、理不尽の上にあぐらをかける性格はしてないでしょ？」

清水が唇を嚙み締め、こくんと頷く。

「あ、あのね？　私もどちらかというと森本さん寄りで、人づきあいはすごく悪いし、プライベートにかかわる話はしないし、大抵のことには我関せずだし、みんなから『協調性がない』って言われるタイプなんだけど……」

「はい……。そう聞いてます……」

清水が再度頷き、おずおずと愛を窺う。

「その……美玲さんが、『相良よりもひどいヤツが来た！』って言ってたので……」

「そう。そうやって比較に出されるぐらいには、浮いてる存在なんだよね」

噂話にも参加しないし、トラブルにもまったくかかわらないため、感じ悪いなどと言われているぐらいだ。

誰かの悪口を言わないからって感じ悪い人呼ばわりされるのは、釈然としないけども。

「そんな私ぐらいだよ。美玲さんがずっと『気に入らない』って言い続けてるのは。たしかに面倒臭い人だけど、基本的に美玲さんって、慕ってついてきてくれる人には優しいし、面倒見もいいんだよ。理不尽なだけの暴君じゃない。ちゃんと会社からも信頼されてるデキる人だよ」

「……！　それは……」

「そして、怒りがそれほど持続する人でもない。だから、オフィスの空気を悪くしないように努めて、嫌みを言われてもめげずに貼りついていれば、最初は少ししんどいかもしれないけれど、一週間ぐらいで態度は軟化するはずだよ」

清水が目を丸くする。

「それは……」

「だからこんな言い方はどうかとも思うけれど、美玲さんと上手くやっていくことが清水さんにとってラクで良い状態なら、森本さんは無視したほうがいいよ。つまり、例の呑み会の件で森本さんを攻撃しても、言い負かすことや謝らせることができたとしても、それで美玲さんとの関係がよくなるわけじゃないってこと」

それは、完全に別の問題だ。

美玲の中で森本の評価がどれだけ下がったところで、清水のそれが比例して上がるわけじゃない。それは一切連動していない。

だったら、無駄な衝突は避けて、自分の評価を上げることだけを考えたほうがいい。

「イライラする気持ちもわかるけど、もう森本さんのことは気にせず、時間を無駄にすることなく仕事をちゃんとこなしながら、少しだけ耐えよう。大丈夫だよ。きっと清水さんにとってのいい環境を手に入れることができるから」

「……はい……」

「攻略法がわかれば、少しは気がラクになる？」

「っ……はい……」

清水がくしゃりと顔を歪《ゆが》める。

新たな涙が頬を伝った。

「ありがとうございますっ……！」

「どういたしまして」

そう言って、清水の手に資料室の鍵を握らせる。

「戻るのは、落ち着いてからでいいよ。資料室の整理をしていることになってるけど、一応戻ったら、教育係の水野《みずの》さんと美玲さんには一言あったほうがいいかもね」

「はい……」

愛は清水の肩をポンポンと叩くと、資料室を出た。

「…………」

ほうっと息をつく。

ちゃんと伝えられただろうか？　そしてそれは、正しく伝わっただろうか？

（ああ、でも、とりあえずできることはやれた……）

気づいてもらえる。心配してもらえる。ただそれだけのことが、嬉しかったりする。

だからこそ、この自分の行動が、清水の心に優しく響いているといいと思う。

「頑張ったよ……。耀夜さま……」

少しだけ、誇らしい気持ちになる。

もちろん、まだ問題が解決したわけではない。

けれど、オフィスに戻る愛の足取りは軽くなっていた。

◇＊◇

「今日はラクをしたいので、ごはんの用意はしていません！」

いつものごとく勝手に戸を開けて入ってきた耀夜に、ナカノマに転がったまま言う。

予想だにしていなかった言葉だったのだろう。耀夜が紅梅の瞳を大きく見開く。

「なんと!?」

「今日は頑張ったんです！　めちゃくちゃ頑張ったんです！　だから、今日は大いに自分を甘やかしたいんです！」

「あら、なぁにぃ？　いいことでもあったの？　なんだか声が明るいじゃないい～」

綾女が傍までやって来て、上から愛の顔を覗き込むようにして、嬉しそうに微笑む。

「うんうん。表情も明るいじゃない。いいことがあったのね？」

「はい。ちょっと頑張りました」

愛は頷くと、起き上がって耀夜を見つめてはにかんだ。

「ちょっと、他人の面倒ごとに首を突っ込んでみまして……」

「……！」

耀夜がさらに目を丸くする。

「おお、お前がか」

「はい。面倒を避けるのも、ストレスになることがある。首を突っ込んじゃうほうが、場合によってはラクになることもあるんだって思い知りました。この一週間、ずっとモヤモヤしてたんですけど、すごくすっきりしました」

そして、すっきりしたのは、自分だけじゃなかったようだ。

愛に遅れること二十分、オフィスに戻ってきた清水もずいぶんとすっきりした顔をしていた。

それが――とても嬉しくて。

「そうか。そうか。よく頑張ったではないか。美しく高貴な俺が褒めてやろう」

綾女に続いて耀夜も傍に来て、そのひどく美しい手を愛へと伸ばす。

「……今の、美しく高貴なって必要でした？」

そうはいえど、優しく頭を撫でられると、やっぱり誇らしい。

「ふふ、頑張りましたよ。耀夜さまの言葉を思い出して……勇気を振り絞りました」

「そうか。それで笑えているなら、よかったな」

大きな手は、とても温かい。

じんわりと、胸が熱くなる。

もちろん、大きな何かを成し遂げたわけではない。普通ならばできて当然のことが、

「なんだ、そんなことか」と言われてもおかしくないほど小さなことが、ようやくできたというだけの話だ。きっと、褒められるようなことではない。

それでも、自分は長年、そんな〝小さなこと〟を徹底的に避けてきたから。

もう二度と、誰かを好きになりたくなかった。

その誰かに、拒絶されたくなかったから。

『おまえなんかいらない』なんて、もう二度と言われたくなかったから。

それぐらいなら、もう誰ともかかわりたくなかった。独りでいたかった。

そうすれば、傷つくこともないと思っていたのだけれど。

「本当に、心って難しいですね」

一人でいても、面倒を避けても、揺れる。容易《たやす》く傷つき、乱れてしまう。

「ああ、そうだな。難しい。だからこそ、理解のしがいもあるだろう？」

「そこまでは思えませんね。まだ。やっぱり面倒ですよ」

「だが、面倒を避けなかったゆえに得たものは、悪くはなかったのだろう？」

長くて美しい指が、愛の髪を梳る。

「そう……ですね」

「その『悪くない』を増やしてゆくだけでいいんだ。ゆっくりでいい。急ぐ必要はどこにもない。時には立ち止まっても構わない。お前のペースでいいから」

耀夜が愛の顔を覗き込んで、熱心に言う。

「積極的に人とかかわれと言っているわけではない。すべて、何もかもを拒否するのが違うと言っているだけだ。面倒は面倒で避ければいい。だが今日のように、踏み込み、かかわって、はじめて得られるものもある。その『悪くない』を見逃すな」

「耀夜さま……」

「他人の心はもちろん、自分のそれすら理解するのは難しい。それを合わせて、誰かと幸せになるのは、もっと難しい。だから――励め。愛よ」

美しい紅梅の双眸が、優しく煌めいた。

「お前が幸せになるために――だ」

「っ……」

トクンと心臓が跳ねる。

こんな自分にどこまでできるかはわからないけれど、それでもしっかりと頷く。

誰かに幸せを願ってもらったのははじめてだったから。

それが、とても――嬉しかったから。

「はい。耀夜さま」

「よし」

愛の返事に満足げに微笑むと、耀夜はふとおくどさんのほうへと視線を向けた。

「しかし、それならば食事はどうするつもりなんだ？　せっかく頑張ったのだ。自分を甘やかしたいとはいえ、食事を抜くのはまた違うだろう？」

「そうですね。頑張ったのに食事抜きだなんて、それはつらいですね」

愛はにっこり笑って、立ち上がった。

「大丈夫です。たくさんお豆腐を買ってきました。すぐできる簡単お夜食があるんで、今日はみんなで作りましょう！」

「おお！」

調理に向かない磨と狸を残して、全員でダイドコへ。

しっかりと手を洗ってから、みんなで調理台を囲んで調理開始。

「まずは、耐熱食器に絹ごし豆腐を取り出します。そして、別の容器で牛乳と顆粒のコンソメを混ぜ合わせます」

冷蔵庫からベーコンを取り出し、手早く刻んで、ピザ用チーズとともに調理台へ。

「混ぜ合わせたものをお豆腐にかけたら、ベーコンを少し散らして、チーズを載せてください。そこまでできたら、順番に電子レンジで温めますから、私にくださいね」

「ん。できたぞ」

「はぁい、できたわよ」

「できたー！　できたー！」

あやかしたちから食器を受け取って、二つずつ加熱する。

その間に、大根の皮をむいて、サクサクっと薄い扇形に切って、お皿に並べる。

その大根一枚一枚に小さくカットしたバターを置き、自家製のハーブソルトを振り、彩りにパセリを散らす。本当はラディッシュで作るフレンチ・おつまみらしいけれど、大根でもいけるだろう。

大根の皮のほうは千切りにして手早く塩もみして、生ハムで巻く。

「あとは……あ、茹でたほうれん草と煮抜きがあった」

ボウルの中で煮抜き——茹で卵を崩し、ほうれん草を加え、ついでにツナ缶も入れ、塩コショウをしてマヨネーズであえる。

「うん。十分でしょう」

「結局作っているではないか」

「簡単なおつまみ程度のものだけですよ」

温まって、チーズもトロトロにとろけてくつくついっている豆腐に卵黄を載せて、ブラックペッパーを振る。

「は～い！　完成です！　今日は、お豆腐カルボナーラに大根のおつまみと大根の皮の生ハム巻き、ツナと卵とほうれん草のサラダですよ～！」

「おお～！」

できた料理を持って、みんなでオクに移動。

待っていた麿と狸も歓声を上げる。

「お豆腐は一人一丁だから、見た目に反して量はあるはずですけど、足りなかったら言ってくださいね」

みんなとともに手を合わせて、『いただきます』をする。

お豆腐カルボナーラは熱々でクリーミーでトロットロ。チーズのコクがたまらない。トロリと絡む卵黄も、ピリリと味を引き締めるブラックペッパーも絶妙だ。

「はふ……美味しい……！」

「うむ、簡単なのに美味いな！」

「やぁだ。ねぇ、この大根のおつまみ、止まらないんだけどぉ」

綾女が目を丸くして、頬を手で包む。

「バター生のまま載せてあるからどうかとも思ったんだけど、ちっともくどくないわ。大根のおかげでさっぱりして、いくらでも入っちゃう」

「おお。本当に……。これは、ハーブソルトがいい仕事をしておりますなぁ」

狸が驚いたように目を丸くする。

「いえ、私は基本的に和食が好きですし、奇抜な味つけは苦手なことも多いのですが、お豆腐も大根も美味しいですな！」

「あ、そうでしたね。この前のイタリアン風の炊き込みごはんは少し苦手そうにしてらっしゃいましたもんね」

「おや、気づいておられましたか」

狸が申し訳なさそうに頭を掻く。

「食べられないほどではなかったのですが、にんにくとあの香りの強いハーブが少し苦手でしたねぇ。とはいえ、出されたものを残すなんて私の信条に反するので、しっかりと完食させていただきましたが」

「バジルですね。覚えておきます」

「ああ、いえいえ。どうかお気になさらず。私はご相伴に与っている身ですから、私が苦手だからという理由で、愛殿が好きなものを食べられなくなるのは問題です。それは

すか？」

「でも、どうせならみんなで『美味しい』って笑顔で食べられるほうがいいじゃないで

よろしくありません」

「……！」

その言葉に、狸が驚いたように目を丸くする。

「愛殿……」

「大丈夫ですよ。狸さんこそお気になさらず。嫌いなものがわかっていれば、それを狸さんの分からだけ抜くということもできるようになりますし、『大丈夫かな？』と思いながら作るより、むしろ取捨選択がしやすくなります」

だから、そういうことは遠慮なく言ってほしい。

「気を遣っていただいてありがとうございます。狸さんは優しいですね」

「いえいえ、そんなことは……」

「耀夜さまなんて、麿が人間と同じものが食べられるって教えてくれなかったので、私、最初は麿の分だけ別に作っていたんですよ。猫が食べちゃ駄目なものや、猫に必要な栄養素なんかまで調べたりして」

「やぁだ。耀夜さま。愛にそんな苦労をかけてたのぉ？」

綾女に白い目を向けられるも、耀夜はしれっとしたものだ。

「猫又と猫を一緒にして考えているなんて思わないだろう？」

「人間が猫又に詳しいわけないじゃなぁい」

綾女が呆れ返った様子で、肩をすくめる。

「本当に、耀夜さまって変なところでぼんくらよねぇ」

「申し訳ありませんが、耀夜さま。フォローできませぬな」

狸もやれやれといわんばかりに首を横に振った。

「まぁ、許せ。そういった欠点を補って余りあるほど、俺は美しいだろう？」

「……そういうことを真顔で言っちゃうところも、実のところ結構な欠点よねぇ？」

「少々欠点があるほうが、親しみやすくていいだろう？　これだけ美しくて、高貴で、そのうえ中身まで欠点らしい欠点がなかったらどうする。完全無欠すぎて、お前たち、恐れ多くて俺の前で頭を上げられなくなるぞ」

「よくもまぁ、しゃあしゃあと」

「言ってろって感じよねぇ」

そうはいえど、たしかに耀夜の美しさには一分の隙もない。食事の仕草もすべてが見惚れるほど優雅だ。

綾女の、異性の劣情を掻き立てる麗しさとは違う。見る者すべてを虜《とりこ》にする美しさ。いつぞやかに狸が言っていた。神やあやかしは、基本的に神格が高ければ高いほど、力が強ければ強いほど、比例して美しいのだそうだ。もちろん、例外もあるそうだが。

それが本当なら、耀夜が他の追従を許さないほど美しいのは当然だろう。

北野天満宮の御神木ともなれば、その神格はかなりのものなはずだから。

「…………」

ふと、スプーンを持つ手が止まる。

それほどの神さまが、どうして毎夜毎夜自分のもとにやって来るのだろう？

（そもそも、耀夜さまって食事をする必要はないらしいのに……）

これも、いつだったか狸から聞いた。陽光と月光をたっぷりと浴びて、人の想いに触れていれば十分で、お腹もすかないし、食物から栄養を摂取する必要などまったくないらしい。

だから、耀夜から食事に誘われた時は、ひどく驚いたのだと――。

『耀夜さまは、この子を手に入れたいから通ってるんじゃないの？』

不意に、綾女の言葉が脳裏によみがえる。

『耀夜さまが人間の女の子にご執心だって、結構な噂よぉ？』

(いやいや……)

ないないと首を横に振る。

そんなそぶりは一度も見せたことはない。

いつだって、耀夜は一番にごはんなのだから。

(じゃあ、いったいどうして……)

楽しそうに食事を続けるあやかしたちを、ぐるりと見回す。

何を思って、食事をたかりにきたのだろう？

何を思って、あやかしたちを誘っているのだろう？

この光景は、耀夜が何を思い、何を求めた結果なのだろう？

「なぁにぃ？　どうしたの？　難しい顔して」

隣に座る綾女が、愛の頬をちょんとつつく。

「え？　あ……」

「ぼうっとしてないで食べましょうよぅ。愛。なくなっちゃうわよ？」

「えっ⁉　わぁ！　本当だ！」

結構な量だったと思ったのに、大根のおつまみがほぼなくなりかけている。

愛は慌てて大皿に手を伸ばした。

「ツナと卵とほうれん草のサラダも、もう残りわずかよ」

「ちょ、ちょっとぼうっとしちゃってた間に……」

でも、嬉しい。みんなが「美味しい」「美味しい」と食べてくれることが、とても。

自然と頬が緩んでしまう。

ワイワイガヤガヤと、賑やかな食卓。騒がしいみんなの会話を聞きながら、トロトロクリーミーなお豆腐を堪能する。

熱々なそれが、お腹の中からほこほこと身体を温めてくれる。

(難しいことは、今日はいいや)

今日はとっても頑張ったから。

美味しいものを食べたら、お気に入りの入浴剤を入れたお風呂にゆっくりと入って寝てしまおう。

そんなささやかな贅沢で、自分をねぎらってあげよう。

本日は、よく頑張りました。

花マル!

じんわり傷心に沁みる
お稲荷つくね

秋本番。本当に、紅葉の季節はワクワクする。

京都は観光シーズン。紅葉系の催しものだけでも、数えきれないほどある。

「さて、今年はどこに行こうかな……」

スマホで、紅葉祭りや社寺の紅葉特別拝観、ライトアップなどをチェックする。

耀夜に「天神さんには必ず来い。いいか？　紅葉の季節に北野天満宮を訪れないなど愚の骨頂だぞ！　わかっているだろうな？」とかなりしつこく言われたため、天神さんもしっかりチェックする。

「北野天満宮の紅葉苑……『御土居《おどい》』の公開かぁ……」

考えたら、梅の季節には必ず訪れているし、毎年二月二十五日に行われている梅花祭にも予定さえ合えば参加しているけれど、紅葉を見に天神さんに行ったことはなかった気がする。

御土居とは、太閤・豊臣秀吉が一五九一年に京都の周囲に築いた土塁のことを言う。

現在、市中に残っている十ヶ所すべてが、史跡に指定されている。その中でも、北野天満宮のそれは、原形にもっとも近いと言われている。

「ええと、『天狗山の眺めは素晴らしく、紙屋川の水面に映る彩りは鮮やか、野趣に富んだ風景です』……かぁ。へぇ、見てみたい」

スマホを脇に置いて、スケジュール帳を覗き込む。

「去年行った、『青蓮院門跡《しょうれんいん》』の夜の特別拝観は最高だったな。相阿弥《そうあみ》作の池泉回遊式庭園、小堀遠州作の霧島の庭。また行きたい。あ、今年こそは『宝厳院《ほうごういん》』の『獅子吼《ししく》の庭』には絶対行くぞ。策彦《さくげん》禅師作の借景回遊式庭園のライトアップ」

桜よりは長く楽しめるけれど、それでも美しい時期はあっという間にすぎてしまう。もたもたしていたら、ほとんど回れないうちに終わってしまう。

しかし、京都の紅葉の名所は多すぎて、何年かかっても全部回れる気がしない。

「まだ、『源光庵《げんこうあん》』は拝観休止中だっけ。ああ、見たいなぁ……。悟りの窓と迷いの窓。そうだ。今年こそは貴船神社と鞍馬《くらま》寺にも行きたいなぁ。だけどそうなると、ほぼ一日潰れちゃうよね……」

たしか、去年はそれで断念したんだった。

一日ゆっくりハイキング気分で色づいた山の景色を楽しみながら社寺を巡るのも最高だろうけれど、それぞれ趣の違う作り込まれた庭園をいくつも回るのも、それはそれで楽しいだろう。

京都は魅力的すぎて、行きたい場所が多すぎて困ってしまう。

愛は「う～ん……」と唸りながら、椅子に背を預けて天井を見上げた。

『カフェ・フロッシュ』は、上七軒のほどちかくにある、愛のお気に入りのカフェだ。

古い町家を改装した店内は意外にも天井高で、しっかりと年季の入った梁や柱がなんともいい味を出している。

温《ぬく》もりを感じる木のテーブル席はもちろん、畳に昔ながらの重厚な座卓の席、赤いソファー席もあって、さまざまなスタイルでゆったりとくつろぐことができる。

インテリアは和風というよりは、多国籍。古く重厚な木のトランクや、古いミシンをリメイクした台の上にはアラビアンな香水瓶に和の陶器、たくさんの英語の古い本に、アンティークグラスなどがずらりと並んでいて、見ているだけで楽しい。

店名のフロッシュが蛙という意味なのもあって、蛙をモチーフにした雑貨もたくさん置かれている。

(ああ、落ち着く……)

古いものは、どうしてこうも優しくて、温かくて、魅力的なのだろう？

作り込まれたくつろぎの空間を堪能しつつ、そっと目を閉じた——しかしその瞬間、テーブルの上のスマホがブーッブーッと震える。

「あ、もうそんな時間か……！」

愛はアラームを止めて、素早くスケジュール帳や筆記用具を片づけて立ち上がった。

そして、「いつもありがとうございます」と頭を下げて、支払いをして店を出る。

「今日は、おくどさんでごはんを炊く日だから……」

つまり、丁寧に炊いたごはんがメインの日。卓に並べるのは、ごはんを引き立てるものだけと決めている。具体的には、香のもの、ごはんのおとも、お味噌汁だけ。

「香のものはすぐきがあるな。あとは生しばに日野菜漬け。購入品ばかりだけど、まぁいいでしょう。ごはんのおともは、自家製のなめたけがあるし、肉味噌もあったはず。あ、そろそろ卵黄の醤油漬けがいい感じに漬かっているはずだし……あれ？　じゃあ、今日はごはんを炊く以外にはお味噌汁を作るだけ？」

それもどうなのだろう。せっかく休みなのに。

ゆっくりと上七軒の坂を上がりながら、うーんと考える。

「あ、九条ネギでぬたを作ろうかな？　納豆卵味噌もいいかも？」

綾女は自家製のあさりの時雨煮を気に入っていたから、あさりのむき身を買って、それを作り置きしておくのもいいかもしれない。

「京かぶらを買ったから、お味噌汁はそれにしよう」

それなら、かぶらの葉とちりめんじゃこでふりかけを作るのもいいかも。いや、かぶらの葉の佃煮という手もある。

こうやって、あれやこれやと献立を考えている時が、一番楽しい。

昔ながらの風情が感じられる、格子戸が続く家並み。

細い坂道――。足もとは石畳風の舗装。時代を感じる京町家に不思議とマッチする、スタイリッシュで和モダンな常夜灯。

そしてあちこちに下がる、五つ団子の提灯。

夕暮れ時の上七軒は、どこか色香を感じるしっとりとした風情がたまらない。

「ここを歩く耀夜さまを、一度見てみたいな……」

それはもう、ひどく絵になることだろう。

そんなことを考えていた、その時だった。

「あかつきー！」

聴き慣れた声が響く。愛はハッとして、視線を巡らせた。

年季の入った漆黒の出格子に、千本格子の引き戸。綺麗な曲線を描く竹製の犬矢来。きりりと美しい一文字瓦。そんな、とても美しい総二階の京町家の前に、その声の主はいた。

「あかつきー！　あかつきー！」

麿が、作務衣姿で褐色の肌のイケメンの周りをぴょんぴょん飛び跳ねている。

（あれ？　麿って普通の人間には見えなかったはず……？）

何をしているのだろうと首を傾げた瞬間、イケメンがその野性的な目を優しく細め、

「ああ、麿。おかえり」とその小さな身体を抱き上げて、びっくり仰天。

思わず「ええっ⁉」と大きな声を上げてしまい、愛は慌てて両手で口を押さえた。

「え……？」

それに驚いた様子で、麿を抱いたイケメンが愛を見る。

瞬間、ドクッと心臓が嫌な音を立てた。

褐色の肌。フワリと頬に降りかかる、クセのある黒髪。鋭くて野性的な金色の双眸。

引き締まった精悍な頬に、きりりと結ばれた薄い唇。

スラリとした長身に、芸術的なほどのスタイル。ゆるっとした作務衣の上からでも、鍛え抜かれた見事な体軀をしているのがわかる。

モデルのような――なんてレベルではない。世界的なスーパーモデルが光の速さで白旗を上げるほどの、超絶イケメンだった。

（こ、この人……）

愛は呆然としたまま、首を横に振った。いや――違う。人ではない。

人のような姿をしているが、これは〝違うモノ〟だ

それは確信だった。

『基本的に神やあやかしは神格が高ければ高いほど、力が強ければ強いほど、それに比例して美しい姿をしているものです。もちろん、例外もありますがね。耀夜さまの美しさは、そのまま耀夜さまの神としての徳の高さを表しているのですよ』

いつぞやかの狸の言葉が、真っ白になった脳内に響く。

ああ、そうだ。耀夜は、神々の中でもとくに稀有な美しい姿をしているのだという。それは耀夜が類稀な神である何よりの証《あかし》なのだと、狸は言っていた。

それなら、間違いない。

普通の人間には見えないはずの麿のことが見えていて、その麿と意思疎通ができて、タイプは違えど、北野天満宮の御神木である耀夜に勝るとも劣らない美貌の持ち主が、人間であろうはずがない。

「っ……」

一気に、全身から血の気が引いてゆく。

愛はごくりと息を呑み、じりっと後ずさった。

神はともかくあやかしは、愛の経験上――自分たちの姿を視認できる人間に対して、あまり好意的ではない。

そのせいで危ない目に遭ったことは、一度や二度ではない。

なぜかあやかしは、愛の目が彼らを映していることを知ると、十中八九襲ってくる。

もしかしたら、あやかしの間には「目撃者は消せ」という掟《おきて》でもあるのかもしれない。

だからこそ、自分の目が人間以外のモノも映し出すことを、絶対にあやかしたちには知られないように努めてきた。

何があっても、受け入れず、拒絶せず、流されず、逆らわず、知ろうとせず——ただ見て見ぬふりをして、大人しく通りすぎるのを待つ。

それが、愛が長い時間をかけて身につけた、あやかし対策だった。

耀夜と出逢う前は、徹底してそうしてきたはずなのに。

しかし耀夜と出逢って、さまざまなあやかしたちと食事をともにするようになって、いつしかそれが緩んでしまっていたようだ。

（ど、どうしよう……）

よりにもよって、耀夜に匹敵するほどの神格か力を有しているであろうモノの前で、ほとんど素の反応をしてしまうなんて。

（私……いつから……？）

あやかしに対しての警戒心を、これほどまでに失ってしまっていたのだろう？

怖い。

自分はただ見えるだけだ。何ができるわけでもない。

相手は耀夜に匹敵するほどの存在。不興を買ったが最後、生き延びる術《すべ》があるとは思えない。相手がその気になれば、愛などひとたまりもないだろう。それこそ赤子の手を捻るように、簡単に殺されてしまうに違いない。

ゾクリと冷たいものが背中を駆け上がる。

ああ、本当になんてモノに遭遇してしまったのか。

そして、本当になんて失態を犯してしまったのか。

「…………」

噴き出した冷や汗が、じっとりと肌を濡らす。

今すぐ逃げ出したいけれど、それをしたところでどうにかなるとも思えない。

どうしよう？

どうしたらいい？

「……？　何か……」

恐怖にどうすることもできず、顔色を失ったまま立ち尽くしている愛を見て、イケメンが不思議そうに眉を寄せる。

「チカ！」

その瞬間、イケメンの腕の中で、麿がひどく嬉しそうな声を上げる。

その声に愛はビクッと身を弾かせ、イケメンは腕の中の麿を見つめた。

「……知り合いか？」

「ウン、ごはんくれるの。チカ、良い子」

「……！　ああ、例の」

イケメンが「そうか。そうか」と言いながら、あらためて愛を見る。

その視線に不快感や敵意めいたものは一切なく、少しホッとする。

「ということは……えーっと……」

イケメンはふと上を仰いでしばし逡巡したあと、「ああ、そうだった」と何やら一人納得した様子で頷いて、愛に向かって深々と頭を下げた。

「うちの麿が世話になっている。ありがとう」

「えっ……!?」

まさかお礼を言われると思っていなかった愛は、びっくりして目を丸くした。

「え……ええと……」

「ここはお礼を言う場面だ。あっているよな？」

「まろ、わかんない」

麿の頼もしすぎる返事に、イケメンがそっとため息をつく。

そして、呆然としている愛に視線を戻すと、なんだか少し心配そうに眉を下げた。

「もしかして、失礼をしてしまっただろうか？　間違っていたらすまない」

「い、いえ、あ、あってます。大丈夫です……。し、失礼なことなんて何も……」

今まで遭遇してきたあやかしとはまるで違う反応に、戸惑う。

(お、怒ってない……？)

人間の自分が、その姿を見てしまったのに？

(耀夜さまが連れてきたあやかしが私を襲わないのは、耀夜さまとごはんの効果だと思っていたけれど……)

そもそも最初に、耀夜は人間を襲う心配のない穏やかな性質のあやかしを選別して連れて来ているというのもあるだろうが、神の中でもとくに類稀な存在である耀夜が懇意にしている人間を襲えるだけの勇気があるあやかしもいないだろう。

そのうえで、愛から真心のこもったごはんをもらっているから、愛のところに来ているあやかしたちは、愛が姿を視認することを許しているのだと、勝手にそう思っていたのだけれど。

もしかして、違うのだろうか？

（姿を見られても怒らないあやかしもいるの？）

そこまで考えて、愛はふと、イケメンの腕の中の麿に視線を向けた。

（あれ？　もしかして……）

傍らの総二階の京町家を見る。

あらためて見ても、とても美しい京町家だった。千本格子の引き戸の横に小さな木の表札――いや、看板と言ったほうが適切だろう。年季の入った飴色の木の札に丸っこい文字で『Ｎｏｒｔｅ』と書かれたものがかかっている。

ああ、そうだ。耀夜から聞いている。

上七軒に、愛と同じく〝見る目〟を持った人間がいると。

春に、こちらに来たばかりだと。

その人間は、麿の飼い主でもあると。

『お前と近い年齢の娘だ。あやかしたちと、シェアハウスで暮らしている』

もしかして、ここがそのシェアハウスなのだろうか？

（その娘って、たしか……）

耀夜の言葉が、脳内に響く。

ああ、そうだ。覚えている。それは衝撃的だったから。

『お前の、〝普通より感覚が鋭い〟程度ではない。やりようによっては、京に棲むすべてのあやかしを従えることができるだろう。それほど類稀な霊力を持っている。あの稀代の陰陽師――安倍晴明に匹敵するレベルだな』

その言葉を聞いた時は、心臓が縮み上がった。

それほどの力を持ってしまったから、あやかしと暮らしているのだろうか？

普通から外れてしまったから、人の輪から弾き出されてしまったのだろうか？

人の中では、暮らせなくなってしまった――？

そんな目に遭ってしまったその人を、憐れに思った。

同時に、それは自分の身にも起こりうることなのではないかと、肝が冷えた。

でも――。

（きっと、違う……）

愛は、目の前の穏やかな目をしたイケメンを見つめた。

人の中にいられなくなったから、あやかしたちと暮らしているんじゃない。

きっとその子は、人間とあやかしを区別しなくなっただけなのだろう。

人間とあやかしなんて、相容れないもののように思っていた。

でも、そうではないことを――愛はもう知っている。

姿形が、生きる世界が、常識が、理《ことわり》が少し違うだけ。

人間もあやかしも、心を――温かな情を持っている。

人間もあやかしも、美味しいごはんに幸せを感じる生きものであることにはかわりがないのだ。

その子も、きっとそれを知ったのだろう。

人間よりあやかしを選んだわけではない。

大切に思った存在が、あやかしだっただけ。

一緒にいたいと願った存在が、あやかしだっただけ。

それは、異質なことでも、特別なことでも、人の道を外れたことでもなんでもなく、その子にとってはとても自然なことだったのだろう。

不思議と、そう確信できた。

(そして、このイケメンさんは、きっと耀夜さまと同じなんだ)

人とともに在ることを選んだあやかし。

十人十色――。人間にもさまざまな考え方や性質を持つ者がいるように、あやかしも決して「こういうものだ」と画一的に括《くく》れるモノではないのだろう。

きっと、愛を襲ってきたあやかしたちがおかしいわけでも、耀夜やこのイケメンが特別なわけでもない。

それも、それぞれがただその道を選択したことで――。

「……いい匂いがしますね」

夕暮れ時――。各家から漂ってくる、〝美味しい匂い〟。

愛はイケメンを見上げて、にっこりと笑った。

「今日の夕飯はなんでしょうね？」

イケメンは少し驚いたように目を見開いたものの、すぐにとても嬉しそうにその目を細めて、『Ｎｏｒｔｅ』と書かれた看板に視線を投げた。

「そうだな、なんだろうな」

その眼差しに、愛しさが溢れる。

イケメンは愛へと視線を戻すと、その笑みを深めた。

「楽しみだ」

「っ……！」

苦しいほど、胸が熱くなる。

（ああ、その一言が聞けてよかった）

ひどく端的な一言だけれど、それでもこのイケメンがその子との暮らしをどれだけ大切にしているかが、日常を愛しているかが、これでもかと伝わってくる。

それは、物心がついた時から〝見る目〟に悩まされてきた愛にとって、間違いなく救いとなる言葉だった。

人間とあやかしが相容れないモノなんかではないと知っても、踏み込めなかった。

耀夜たちとすごす時間を大切に思った瞬間、自分は〝普通の人間〟ではなくなってしまうのではないかと――怖くて。

いいんだ。あやかしを大切に思っても。

いいんだ。あやかしとともにすごす時間を愛しく思っても。

それは、人の道から外れることではないんだ。

それでも自分は自分のまま、何も変わらないのだ。

耀夜いわく、〝ただの人間でしかない〟愛のままなのだと――。

「……例のってことは、私のことを誰かから聞いてらっしゃいますか？」

耀夜は、愛に支払う対価などについて、その子に相談したと言っていた。

〝例の〟と言ったということは、そういう関係もあって名前を耳にしたことがあったのだろう。

「ああ、少しだけ」

案の定、イケメンが頷く。

「では、いずれご挨拶に伺いますとお伝えください」

一緒に暮らしている仲間に。――いや、違う。

「あなたの、大切な家族に」

「……！」

金色に輝く双眸が、一瞬見開かれる。

しかしすぐに彼は穏やかに微笑んで、首を縦に振った。

「必ず伝えておく」

愛はペコリと頭を下げると、手を伸ばして彼の腕の中の麿を撫でた。

「麿、また夜にね」

「ウン！　チカ！　あとで！」

愛はもう一度頭を下げると、イケメンと麿の横をすり抜けた。

そのまま軽い足取りで、上七軒の坂を上がってゆく。

「大丈夫だ」と、「君は間違ってない」と言ってもらえたような、優しく背中を押してもらえたような、そんな気分だった。

ほこほこと、心が温かい。
耀夜がやって来るのを心待ちにしていいのだ。
綾女や狸や女童たちを大切に思っていいのだ。
ともにすごす時間を愛しく感じてもいいのだ。
それは異質と蔑《さげす》まれることでも、人間としてやってはいけないことでもない。
恥ずかしいことでも、罪悪感を覚えるようなことでもない。
もちろん、間違ってもいない。
「っ……いいんだ……！」
北野天満宮に突き当たり、今出川通方向に坂を駆け下りる。
手に入れたこの〝非日常〟を、愛してもいいのだ。
自信を持ってそう思えるようになったことが、何よりも嬉しい。
ああ、今夜のみんなと食べるごはんは、きっと格別に美味しいことだろう。
大好きな家にたどり着き、愛はポストから郵便物を取り出すと、玄関の鍵を開けた。
そして板戸を開け、ハシリへと入りながら、郵便物をチェックする。
「え？　兵庫県西宮市？」
西宮市役所から、封書が届いていた。

「なんだろう？」

首を傾げて、なんの飾り気もない封筒を裏返す。

西宮市には、なんの所縁《ゆかり》もない。たしか、知り合いも住んでいないはずだけれど。

親族は——母親に捨てられた時点で天涯孤独となっていて、現状連絡がとれる人は存在しない。

いや、親族や知り合いが仮に住んでいたところで、転居報告のハガキならともかく、市役所から封書が届くことなどないだろう。

「？？？」

愛は首を捻りながらナカノマに上がって、慎重に封筒を開けた。

そして、中に入っていた折りたたまれたＡ４の書類を取り出し、目を通す。

「——ッ⁉」

瞬間、驚愕が全身を貫く。はらりと手の中から書類が零れた。

「……なにこれ……？」

ガクガクと全身が震える。

愛は両手で頭を掻き毟った。

「なんなのよ⁉　これっ！」

あとは、もう言葉にならない。

Ａ４用紙の形をした凶器が、心を粉々に打ち砕く。

血が噴き出すように溢れ出したどす黒い感情が、愛を一気に呑み込む。

「あ、あぁあぁあぁあぁあっ！」

愛は絶叫し――その場に崩れ落ちた。

◇＊◇

「……！　なんだ？　どうした？」

入って来るなり、耀夜が驚いた様子で視線を巡らせる。

家の中は、深い闇に沈んでいた。

「電気はどうした。つけないのか？」

「あら、なぁにぃ？　真っ暗じゃないのぉ～」

「やや？　何かありましたかな？　おくどさんにも火が入った様子がありませんが」

綾女と狸の戸惑ったような声がするが、そちらを見る気にもなれない。

ナカノマの畳の上にうつぶせに転がったまま、身動きすることすらできない。

「チカ？　まろ、来たよ？」

困惑したような麿の声もする。そういえば、また夜にと言っていたんだった。

でも、顔を上げられない。そんな気力は、もうどこにも残っていない。

視線をそちらに向けることも、ただ一言返事をすることすら、できない。

目を開けたら、泣いてしまうから。

口を開いたら、叫んでしまうから。

心を粉々に砕いたどす黒い感情が、一気に溢れ出してしまうから。

そしてそれはさらに、自分をズタズタに切り裂くことがわかっているから。

だから目を閉じて、じっと横になっていることしかできない。そうして、やりすごすしか。

「愛？」

ナカノマに上がってきたのだろう。すぐ近くから気遣うような耀夜の声がする。愛はビクッと身を弾かせた。

「どうした？　愛。何があった？」

「…………」

反応を返すことができない。

目を閉じたままじっとしていると、小さなため息に続いて、カサカサという音がする。

おそらく、畳の上に放りだしてあった書類を拾い上げたのだろう。

そして、しばらくの沈黙のあと、耀夜がはぁーっと大きく息をついた。

「――みな、すまない。今宵は駄目だ。愛はごはんを作ることはできない」

「え？　なんで？　まろ、約束した」

びっくりした様子の麿の声が、ハシリに響く。

「チカ、元気だったよ？」

「今日会ったのか？　じゃあ、そのあとに具合が悪くなったんだ。約束を破りたくて破ったわけではない。お前は優しい良い子だから、許してやれるだろう？」

「ウン。まろ、良い子」

麿がいつものように元気に返事をして――だが、すぐにまた心配そうに声が萎む。

「チカ、ぐあい、悪いの？」

「そうだ。愛は苦しんでいる」

「チカ、大丈夫？　まろ、心配」

「大丈夫だ。麿。俺に任せてくれ」

優しく諭すように言って、耀夜がぐるりとあやかしたちを見回す。

「みなもだ。すまないが、今宵は何も訊かずに帰ってくれないか」

「承知いたしましたぞ。耀夜さまがそう仰るのであれば」

「わかったー」

「わかったー」

狸も、一つ目女童も、豆腐小僧も、とくに気を悪くした様子もなく快諾する。

「しょうがないわねぇ……」

基本的に自身の欲望に正直な綾女ですら、一言も渋ることなく、息をつく。

「じゃあ、帰るわね。愛。助けてほしい時は、ちゃんと相談するのよ～？」

「では、愛殿。また明日。お大事にしてくだされ」

「チカ、またね」

「ばいば～い」

「ばいば～い」

みなが愛を気遣い、それぞれに声をかけてくれる。

だが、それにもまったく反応できない。

今は微塵も彼らのことを考えられない。

それが悲しく、悔しく、そして申し訳ない。

そう思っていても、今は殻に閉じこもって自分の心を守ることに、身の内で荒れ狂うどす黒い感情が表に出ないようにすることで精一杯で――。

「原因は、この通知だな？」

玄関の閉まる音がして、暗闇に静寂が戻る。

と同時に、傍らに耀夜が膝をつく気配とともに、カサカサと書類を扱う音がする。

「……それが、何かわかるんですか？」

みんなの優しい気遣いには反応できなかったのに、そんな言葉だけはするりと口から出てくる。

そんなところまで腹立たしい。

「いや、法律や制度のことはまったくわからんよ」

耀夜がきっぱりと首を横に振る。

「だが、これがお前の母親に関係するものだということはわかる」

「っ……！」

ギリリと畳に爪を立てる。胸を突き上げる激しい怒りに、愛は奥歯を噛み締めた。

それは、扶養義務の調査についての書類だった。

兵庫県西宮市にて、母親が生活保護申請をしているらしい。

生活保護法では、身内がいるならまずはそちらに庇護を求めるべきということで、民法に定められている近親者からの扶養を最初に求めることになっているため、娘である愛に母親の扶養援助をしてもらえるかどうかという、確認の書類だった。

「そして、これがここに届いた事実が何を物語っているかもわかるぞ。お前の母親は、お前の居場所を把握していたということだ」

「っ……そう！」

愛は叫んで、頭を抱え込んだ。苛立ちに任せて髪をぐしゃぐしゃと掻き混ぜる。

母親に捨てられたあと、愛は施設で暮らしてきた。

そして、高校卒業と同時に施設を出て、地元を離れて京都で一人暮らしをはじめた。奨学金で大学に通いながらだ。

大学を卒業すると同時に、就職先から便のいいこの家に移り住んだ。

ある種の生存確認として施設に年賀状を出してはいるが、自分に親族がいるのかも知らず、中学・高校時分から極力人づきあいを避けてきたため連絡を取り合うような友人らしい友人がいない愛は、行き先を誰かに通知するということをほぼしていない。

それなのに、なぜこれがここに来るのか。

住民票は移しているため、役所なら戸籍から辿れるのかもしれないが、はたしてそんなことをするだろうか？

　いや十中八九、生活保護申請の場で「まず近親者に扶養援助を求めるのが先なので、誰か身内に頼れる人はいませんか？」と質問されて、母親が愛の連絡先を答えたから、愛のもとにこの通知が来たと考えるべきだろう。

　つまり、母親は、自分のことを知っていたのだ。

「……ッ……」

　激しい怒りとともに、深い悲しみ——絶望感が胸を衝く。

　これは、遠くから見守っていてくれたなんて話ではない。

　母親は、愛の居場所を把握しておきながらどれだけ愛が苦労しようと放ったらかしにしておいたくせに、自分が苦しい時にだけ助けを求めてきたのだ。

　それも、愛の前に姿を現して捨てたことを謝罪したうえで、頭を下げて援助を乞うのではなく、役所からの通知を送りつけるなんていう最低最悪の手段で、だ。

　なんという恥知らずなのか。

　こんな形で援助を求める前に、言うべき言葉も、やるべき行動も、腐るほどあっただろうに。それを無視して。

「最低っ……！」

つくづく、なんて女だと思う。腹を痛めて産んだ子に、よくもこんな仕打ちができるものだ。

すさまじい嫌悪感に、息が詰まる。苦しくて、苦しくて、涙が出る。

「何を泣く？」

大きな手が、愛の頭を優しく撫でる。

「……まだ、泣いてません」

涙声で、精一杯強がる。あんな人のために涙を零してやることすら、腹立たしい。

「そうか。では、何を憂う？　何を怒っているのだ？　愛よ」

「っ……それは……」

「お前にとってすでにどうでもいい存在なら、ショックを受けることもなかろうよ。怒りを感じることもだ。苦しいということは、つまりお前の内にはまだ母親に対する情が存在しているのだ」

「っ……」

いつもの――すべてを見透かしているかのような口調が癪に障る。

「情を感じるということは……」

「やめてよっ！」

そして、なおも何かを言いつのろうとする耀夜に、ついに感情が爆発する。

愛は勢いよく身を起こして、叫んだ。

「アンタに何がわかるって言うの!?　知ったような口きかないでよ！」

「愛、俺は……」

「母親に、たった一人の肉親に愛してもらえなかったことがあるの!?　虐げられたことがあるの!?　日常的に叩かれたことは!?　『いらない！』と言われたことは!?　『バケモノ』と蔑まれたことは!?　挙句の果てに、恋人と生きることを優先されて、捨てられたことは!?」

「愛……」

「ないんでしょう!?　ないくせに、何を言おうっていうのよ！　私の気持ちなんか、微塵も理解できないのに！」

耀夜は――紅和魂梅は、天神さんの御神木として千年以上もの間、人々から愛されて、愛されて、愛されてきた。そんなモノに自分の気持ちがわかるはずがない。

今、自分に諭すようなことを言ってもいいのは、同じ目に遭った経験がある者だけ、愛の気持ちを余すところなく理解することができる者だけだ。

「神さまのありがたいお言葉なんか、今はいらないのよっ！」

遥かなる高みからのお言葉になんの価値がある？

正しくて、綺麗な言葉など、今は聞きたくない。

同じ思いをしたこともないモノから押しつけられる正論や正義は、さらなる不快感を煽《あお》り、傷を増やすだけだ。

「愛、違う。俺は、説教をするつもりなどない。ただ……」

「ただ、何？　憐れんでくださるって言うの？　それはそれはありがとうございます。そんなものは救いにはならないけれど！　ああ、そっか。神さまに人を救うことなんてできないんだったよね！」

「愛……」

「いいから、黙って！　今は何も聞きたくない！」

両手で耳を塞いで、絶叫する。

(こんなの八つ当たりだ)

わかっている。それでも、もう止まらなかった。

胸内で荒れ狂う黒くて醜いドロドロしたモノが、溢れて、溢れて、止まらない。

「出て行って！　神さまだかなんだか知らないけれど、人間を下に見てるようなヤツに知ったような口を利かれたくない！　出て行ってよ！」

「……愛……」

「出て行って！」

耀夜が小さく息をつく。

そして、しばらくの沈黙のあと、ポツリと呟いた。

「……わかった」

ひどく悲しげな――消え入りそうな声だった。

そのまますると立ち上がり、衣擦れの音も雅やかに出てゆく。

そして、真っ暗な室内にふさわしい静寂が戻った。

「っ……う……」

ひどく胸が痛む。ささくれ立っていた心が、さらにぐちゃぐちゃになる。

ついに、ぼろりと大粒の涙が零れる。

けれど、もう何で溢れた涙なのかも、わからなかった。

「う、あぁあぁあっ！」

黒く塗り潰されて、ぐちゃぐちゃに掻き混ぜられて、正体不明となった心を抱えて、愛は泣いた。

子供のように声を上げて、自分を強く抱き締めて、泣いて、泣いて、泣く――。

「あぁ、あ、わぁあ、あ……！」

人間は汚い。もちろん、自分も含めてだ。ひどい嫌悪感に吐き気がする。愛は両手で顔を覆った。

耀夜にあんな言葉をぶつけるなんてどうかしている。

心配をしてくれたのに。お礼の一つも言うどころか、その気遣いをまるで悪のように言うなんて。

だが、申し訳ないという気持ちすら、すぐにぐちゃぐちゃな感情に呑み込まれて消えてしまう。それがまた人間の醜さを如実に表しているようで、嫌になる。

泣いて、泣いて、泣いて、泣く。

本当に、ままならないと思う。すべてが、上手くいかない。

幸せになることは、本当に難しい——。

◇＊◇

「今週、何度目よ……」

美玲がやってられないとばかりに、首を横に振る。愛は目を伏せ、深々と頭を下げた。

「申し訳ありません……」

「らしくないのよ、相良さん。あなた、協調性はないけど仕事だけはできる子だったじゃない。それなのに、この三日間はミスに継ぐミス。今日だけでも何回目なのよ」

「申し訳ありません……」

「一つ一つは大したミスじゃないけどね？　わりとすぐ修正がきくものばかりだけど。でも、数が数だから。さすがにこれだけやらかされると、通常業務に支障が出るから、もうそろそろいい加減にしてほしいんだけど」

「本当に、申し訳ありません……」

ぐうの音も出ない。だからこそ、頭を下げ続けるしかない。

全自動謝罪機と化している愛に、美玲がやれやれとため息をつく。

「って言うか、相良さん、体調おかしくしてるでしょう？　顔色はものすごく悪いし、目の下のクマもひどいし、肌も荒れてボロボロ。同じ女として、よくその状態で人前に出ようと思ったなって引くぐらい、やばい状態なんだけど」

「え……？　引くぐらい、ですか？」

「そう。今のあなた、本当にブス。ものすごいブス。引くほどブス。素材はいいのに、とにかくブス！　体調管理ぐらい、ちゃんとしなさいよ。何年社会人やってるのよ」

呆れ返った様子で言って、美玲が愛をにらみつける。言葉は辛辣だが、その分心配をしてくれているのだろう。言葉や態度の端々から、それが感じられた。

「相良さん、眠れていないし、食事も満足にとれていないんでしょう？　違う？」

「そ、そのとおりです……」

素直に頷くと、美玲が再び深く嘆息する。

「ミスはミスだし、取り戻してもらわなきゃ困るから、今日は残業してもらうけれど、明日は出社前に病院に行くこと。必要なら、有給を取って休みなさい」

「……！　でも……」

「問答無用！　いい？　休まれるよりも、くだらないミスを連発されて、余計な仕事を増やされるほうが迷惑だから！　いい加減にしてほしいのよ！」

「……はい……」

もう一度深々と頭を下げて謝罪をして、トボトボと自分の席に戻る。

（本当に駄目だな……。私……）

耀夜にひどい言葉をぶつけてしまってから——三日。

あの日以来、耀夜とは話していない。耀夜が訪ねて来なくなったからだ。

愛も、例の件にまだ答えを出せていないこの状況で、どんな顔をして何を話していいやらわからないため、北野天満宮に会いに行くこともしていない。

なんとか表面上は落ち着いたけれど、まだ心は乱れたまま、気持ちは整わないまま、しっかり向き合って考えることもできないままだ。考えること自体ができていないのだから、当然結論など出せるはずもなく、西宮市に回答することもできていない。

そんな状況で仕事に身が入るわけもなく、この三日間はミスのオンパレードだ。美玲の言うとおり、たしかに一つ一つは大したミスではないが、それでも修正などでかなり時間と手間をかけてしまっている。当初の進行に狂いが出るほど、だ。

（ああ、もう、いったい何してるんだろう。私……）

心が暗く沈んだまま、ヒリヒリと痛む。それで仕事に身が入らず失敗を繰り返して、さらに擦り傷を増やしている――そんな感じだ。

原因はわかっているのだから、さっさとそれを解決してしまえばいいのだけれど、それができない。

心が、身体が、愛のすべてが、西宮市からの封書の内容に――母親に向き合うことを全力で拒否している。そのくせ、きっぱりと援助を拒絶することも選べない。

過去の傷に囚われたまま、その場から一歩も動けないでいる。

（しっかりしなきゃ……）

いつまでも、このままでいいはずがない。なんとかしなくては。職場のみんなにも、これ以上の迷惑はかけられない。

(だけど、どうすれば……)

どうすれば、黒くてぐちゃぐちゃした醜い思いを捨てられるかが、わからない。捨て去らなければ、フラットな気持ちで問題に向き合うことなどできやしない。向き合えなければ、もちろん解決などできようはずもないのに。

「……っ……」

パソコンに向かうも、やっぱり気持ちが仕事に向かない。

愛はギリリと奥歯を噛み締め、こぶしを握り固めた。

「じゃあ、私は帰るから！」

美玲の声がオフィス内に響く。愛はハッとして立ち上がった。

「お、お疲れさまです！　美玲さん、本当に……」

「お疲れ。もう謝罪はいいから。いい？　相良さん。しっかり修正して、早く帰って、休みなさいよ」

いつものごとく、このあと約束があるのだろう。美玲はそれだけ言うと、バタバタと慌ただしく飛び出してゆく。

「美玲さんも帰ったし、私も今日はここまでにしよ〜」

「私も。いや〜今日も疲れたねぇ〜」

美玲が帰ったのを合図に、みなが帰り支度をはじめる。

「じゃあ、相良さん。頑張ってください」

「本当に顔色が悪いですから、早めに帰ってくださいね」

「修正はしなきゃいけないことですけど、でも無理だけはしないように」

「はい、ありがとうございます。お疲れさまです」

口々に愛に声をかけて、みんながオフィスを出てゆく。

一気にガランとしたオフィスで、愛は椅子に座り直すと、気を取り直してパソコン画面を見つめた。

「頑張らなきゃ……」


一時間ほど経っただろうか。すべての修正が終わり、最終確認をしていた時だった。

シンと静まり返った廊下からコツコツという靴音が聞こえてきて、愛はハッとして顔を上げた。

「え……？」

誰かいる？　でも、自分以外はみな帰ったはずなのに。

なんだろうと眉を寄せた瞬間、出入り口からひょっこりと清水が顔を覗かせる。

「えっ⁉　し、清水さん⁉」

驚いて目を丸くすると、一度家に帰ったのだろう。秋らしいアーガイルチェックのニットワンピースを身に纏った清水が、「お疲れさまです」と笑顔で頭を下げた。

「お、お疲れさまです。清水さん……どうしたの？」

「ちょっと気が向いたんで、寄ってみました。相良さん。修正はどうですか？」

「ああ、うん。今、ちょうど終わったところだよ。あとはチェックのみ、思ったよりも早く帰宅できそうかな」

「ああ、それは良かったです。あの、これ……」

デスクの傍に清水が、手に持っていた紙袋から可愛らしいマグボトルを取り出して、愛に差し出した。

「え？　何？」

「ほうじ茶ラテです。ちょっといろいろ入ってますけど」

「ほうじ茶ラテ？」

「はい。ほうじ茶と黒豆茶をブレンドしたものになつめとレーズンと黒糖を入れて濃い目に抽出して、温めた牛乳を加えました。つまりちょい足し薬膳ドリンクです。ほうじ茶ラテベースの」

「ちょい足し薬膳ドリンク……」

蓋を開けると、ふわりと良い香りが愛を包み込む。ほうじ茶と黒豆茶の香ばしさと、なつめと黒糖の甘い芳香が、たまらなくいい。

「わ……！　いい香り……」

「なつめは胃腸の調子を整えてくれて、食欲不振や疲れ、落ち込みやイライラなどの心の疲れにも効果があります。レーズンも胃腸の働きを助けてくれて、余計な水分を排出してくれます。黒糖は体力回復、貧血や冷えに効果があります」

食欲不振の解消、心の疲れの回復、身体の疲労回復、体力回復――。そのすべてが、今の愛に必要なものだった。

愛は息を呑み、まじまじと清水を見つめた。

「清水さん……」

「二年ぐらい前に、あるカフェの薬膳ドリンクにハマってからというもの、今でも毎日美容と健康のためにいろいろ作って飲んでるんです。それは中でも私のお気に入りで、疲れた時には必ず飲んでます。だから……相良さんにもどうかなって」

「……私に……」

その心遣いに、トクンと心臓が跳ねる。

愛はほかほかと白い湯気を上げるそれを、ゆっくりと口に運んだ。

「っ……ああ、美味しい……」

思わず、噛み締めるように呟く。

香ばしくて甘い香りが口いっぱいに広がる。しかし香りほどクセはなく、口当たりは柔らかで、するすると喉を通る。

「なつめと黒糖の甘みが、疲れた身体に沁みるね……」

穏やかな熱が、自分のために作って来てくれたのだという事実とともに、愛の身体を中心からじんわりと温めてくれる。

「本当に美味しい。ありがとう」

「よかった。ゆっくりと、身体に浸透させるようなイメージで、飲んでくださいね」

愛の言葉に清水はホッとしたように微笑むと、そのまま頭を下げた。

「じゃあ、失礼しますね」

「え……？」

それだけ？　ということは何かの用事のついでではなく、愛に飲みものを差し入れるためだけに来てくれたのか。

「体調、早く取り戻してください」

そう言って、清水がくるりと回れ右をする。愛は慌てて立ち上がった。

「っ……清水さん！　ありがとう！」

「いえ、それじゃあ」

出入り口のところで一度振り返って、にっこりと笑って、オフィスを出てゆく。

それを見送って、愛は椅子に腰を下ろした。

「まさか、こんな差し入れをもらえるなんて……」

遠ざかってゆく足音を聞きながら、その嬉しさを噛み締める。

しかし、聞こえなくなったのと同時に、なぜかすぐにその足音が戻ってくる。

愛は再び出入り口のほうへと視線を向けた。

「……？　清水さん？　どう……」

「お疲れさまです。相良さん」

「どうしたの？」と尋ねる前に、予想外の人物が姿を現して、目を丸くする。

「森本さん！」

「清水さんとは、エレベーター前ですれ違いましたよ」

「そ、そうなの。さっき少し顔を出してくれて……。森本さんはどうしたの？」

その言葉に誘われるかのように、森本がデスクの上のマグボトルに視線を落として、思わずといった様子で目を見開いた。

「意外……。同じことを考えたなんて……」

「え……？」

「私も差し入れです」

そう言って、手に持っていたビニール袋をデスクに置く。

「私が週三で食事に行く居酒屋のメニューなんです。持ち帰りにしてもらいました」

「えっ……!?」

驚いて、まじまじとビニール袋を見つめる。

と同時に、先ほどの呟きの意味も理解する。

(ああ、そうか。清水さんとはいつも何もかもが正反対だから、同じことをしたのが意外ってことか……)

ふっと、笑みがこぼれる。きっと、今ごろ清水も同じことを呟いているのだろう。

そう思うと、案外二人は似た者同士なのかもしれない。

「植物性と動物性のたんぱく質を同時に摂取できて、なおかつ低糖質でローカロリー、生姜がきいているので身体を中からしっかり温めてくれるのもあって、私もよく食べるんです。よかったらどうぞ」

「ありがとう……！」

ふんわりと、お出汁のよい香りがする。

そのせいだろうか？　この三日間、食欲なんて露ほどもなかったのに、くぅっとお腹が小さく鳴く。

「修正は終わりましたか？」

「うん、もう最終チェックだけ」

「そうですか。じゃあ、お手伝いしなくても大丈夫ですね。帰ります」

森本が目もとを優しくして、頭を下げる。

その一言で、愛が修正に手間取っていたら手伝うつもりでいてくれていたことを知る。

そういえば、清水も最初に「修正はどうですか？」と訊いてくれていた。おそらくは彼女もまた、そのつもりでいてくれていたのだろう。

「っ……」

胸が熱くなる。二人の優しい心遣いが、心に沁みる。

愛は立ち上がって、深々と頭を下げた。

「本当にありがとう。森本さん」

「やめてください。大したことじゃないですから。それより、体調、早く取り戻してくださいね」

森本が「それじゃあ」とさっぱりと言って、オフィスを出てゆく。

遠ざかってゆく足音を聞きながら、愛は椅子に座ってビニール袋を引き寄せた。

「いい香り……」

しっかりと丁寧に引かれた、かつおと昆布のお出汁だ。

この三日間、ちゃんとしたものを食べていないせいか、お腹がぐぅぐぅと鳴る。

愛は誘惑に勝てず、ビニール袋の中に入っていたプラスティック容器を取り出した。

テイクアウト用のパッケージではない。普通の保存用のプラスティック容器だ。おそらく、普段はテイクアウトはやっていないお店なのだろう。そこを、愛のためにと頼み込んで用意してもらったに違いない。

本当に、ありがたい。森本の優しさに胸がいっぱいになる。だが、お出汁の香気はさらなる食欲をそそり、お腹のほうはどんどん空いてゆく。

愛は逸《はや》る気持ちに任せて、プラスティック容器の蓋を取った。

「……！　わぁ～！」

たっぷりの美しい金色の出汁に、楊枝で口を閉じたお稲荷さんのようなものが二つ、しっかりと浸っている。出汁を吸ってつやつやと輝くお揚げが、たまらなく綺麗だ。

「中身は……あ、動物性たんぱく質も同時に取れるって言ってたな」

ということは、お肉だろうか？

愛は両手を合わせて「いただきます」と頭を下げると、箸でそのずっしりと重たいお揚げを持ち上げた。

「う、うわぁ～！」

箸で持っただけで、お出汁をこれでもかと吸い込んでいるのがわかる。

ほかほかの白い湯気を上げるそれにふぅふぅと息を吹きかけて、大口でがぶりとかぶりつく。

「っ……ん～っ！」

途端に、口いっぱいにお出汁がじゅわっと広がる。

頬張ったのは固形物のはずなのに、ごくごく喉を鳴らしてお出汁を飲んでいるのが変な感じだ。そうして最後に口の中に残った固形物を咀嚼《そしゃく》すると、さらに溢れてくる。いったいどれだけお出汁を含んでいるのか。

「あ、あ〜！　何これ、美味しい〜！」

中身は、やはりお肉だった。鶏ミンチ肉とネギのみじん切り、おそらくはお豆腐と、たまもとを練り混ぜてふわふわ食感にした鶏つくねだ。

「ふわっふわで美味しい〜！　卵を混ぜただけじゃ、こんな食感にはならないもんね。だからきっと、たまもとを使ってると思うんだけど……」

たまもととは和食版マヨネーズのようなもの。酢が入っていないため、まったく酸味がないマヨネーズといった感じだ。卵黄に塩を入れたあと、油をほんの少量ずつ加えながら、分離しないようにしっかり泡立てて作るもの。和食では基本とされている。

「生姜がきいているって言ってたけど、お出汁にじゃなくて、つくねのほうにきかせてるんだ……」

肉ダネの中にすり下ろしたものだけでなくみじん切りにしたものも加えているらしい。もちろん、肉の臭みを取るためもあるが、それ以上に味のアクセントになっている。

お出汁に生姜をきかせてももちろん美味しいだろうが、これはお稲荷つくねが主役のメニューではない。主役はこのお出汁。お稲荷つくねを食べることで、美味しい出汁を飲む――これはそんな料理だ。

だからこそ、お出汁に極力余計なものを入れないようにしているのだろう。

「ああ、美味しい……」

食欲は完全に復活したらしい。手が止まらない。はふはふ言いながらお稲荷つくねを口に運ぶ。

「ああ、たまんない……」

生姜の効果か、身体の中心がほこほこと熱をもってくる。いや、違う。新人二人の優しさと心遣いに、と言うべきだろう。

どれだけ美味しくとも、二人からの差し入れでなくては、今の愛には響かなかったに違いない。

『いつの世も、人間を殺すのは人間だ。虐げるのも、狂わせるのも、惑わせるのも、絶望に陥れるのも、人間なんだ。決して、魔や鬼や怨霊の仕業ではない』

いつぞやかの耀夜の言葉が思い出される。

『神は人間の助けにはならない。人間を助けるのも、導くのも、結局のところ人間なんだ。そして、人間が愛するのも人間だ。人間を幸福にするのもな。人間の存在や、想い、言葉――そういったものこそが人間を癒やし、満たすんだ。よく覚えておけ』

愛は箸を止め、記憶にある耀夜の言葉をなぞった。

「それは、決して神の御業じゃない……」

本当だ。愛をボロボロにしたのも人の情なら、愛を救い上げたのも人の情だった。

いや——でも、違う。

愛は奥歯を噛み締めると、両手で顔を覆った。

「ふ……」

ほろりと、涙が零れる。

たしかに、〝神さまの奇跡〟が愛を幸せにしたことはない。

けれど、神さまが何もできないなんて、そんなことはない。

自分が人とかかわれるようになったのは、耀夜のおかげなのだから。

「っ……耀夜、さま……」

耀夜がいてくれたからこそ、耀夜がさまざまな助言をくれたからこそ、愛は人との関係を紡ぎ直すことができた。見て見ぬふりをせず、必要以上に壁を作ることなく。そのせいだろうか？　最近はみんながよく声をかけてくれるようになった。

この三日間だって、怒るより心配してくれる人が多かったのも、それが理由のように思う。職場のみんなとの心の距離が、前と比較にならないぐらい近づいているから。

先輩が協調性がないと心配していた愛は、もういない。

それは、耀夜がいてくれたからこそ。

「耀夜さま……。ごめんなさい……」

人間を下に見ているだなんて、なんてことを言ってしまったのだろう。そんなことは決してないのに。

「ふ、ぅ……」

涙が腕を伝い、デスクに滴り落ちる。

ほうじ茶ラテもお稲荷つくねも、とても美味しい。

二人の気遣いは本当にありがたく、嬉しくて、身体の中心が温まる。

だけど——足りない。

まるで、心ががらんどうになってしまったようだ。何もかもが空虚に思えて、ひどく寂しくてたまらない。

「耀夜さま……」

それは今、職場で独りでいるからじゃない。家にいても同じだっただろう。

みんなで囲む、あの食卓が恋しい。

ワイワイガヤガヤと、あの騒がしい団欒《だんらん》が。

自分がどれだけ温かいものに囲まれていたかを、思い知る。

「耀夜さま……。みんな……」

あれほど望んでいたはずの〝独り〟が、今はとてつもなく寂しい。
神やあやかしが、住む世界が違うなんて思わない。
神さまが人間の助けになれないなんて、そんなことはない。
耀夜と、耀夜が連れてきたあやかしたちと囲む食卓が、どれだけ愛の救いになってい
たか。癒やされ――満たされていたか。
「ごめん、なさい……」
誰もいないオフィスで独り、泣きながら何度も謝る。
しかし、それに応える声はない。
それが、ひどく悲しかった。

私を幸せにする
天神さまの御むすび

「あ、あの……森本さん、清水さん」

昼休みを知らせるチャイムが鳴るなり、二人のもとに行っておずおずと声をかける。

お昼に誘われると思ったのだろう。もちろん、それは間違っていない。それだけに、二人はデスクを片づけながら少し困ったように眉を下げた。

「えっと、すみませんが、昼食は一人で取りたいんですけど」

「すみません。今、例の関係改善中なので、できれば美玲さんにくっついていたいんですけど」

森本が申し訳なさそうに言うのと同時に、清水もまた、さっさとオフィスを出てゆく美玲たちを気にしながら頭を下げる。

「あ、あの、ごめんなさい。もちろん、嫌だったら断ってもらっていいんだけど」

愛はそう前置きしたあと、両手を握り合わせて下を向いた。

「よければ、その……二人に相談にのってもらいたいんだけど……」

「「え……?」」

予想だにしていなかった言葉だったのだろう。二人が目を丸くする。

「相談、ですか?」

「私たちに、ですか?」

「う、うん。そう。二人の意見を聞かせてほしくて……」

仕事関係のことなら、相談相手に新人二人を選ぶことはないだろう。そもそも愛は、厳しい美玲をもってしても〝仕事はできる〟と評価されている。仕事のことで、新人を頼ることなどないだろう。新人にできることは、間違いなく愛にもできるからだ。

それならば、プライベートのことで？

驚いたのか、二人が顔を見合わせる。

「そういうことなら、いいですよ」

「ただ、社食は美玲さんたちがいってるはずなので、ほかの場所でもいいですか？」

「う、うん、どこでも大丈夫」

「じゃあ、二週間前に通りの反対側に、フレンチのカフェ＆バルができたんですけど、知ってます？　ランチもやってるんで、そこでどうですか？」

清水の提案に、しかし森本が眉を寄せる。

「フレンチ？　私、かしこまったところはあまり行きたくないんだけど」

「大丈夫。ランチのメニューはフレンチスタイルのハンバーガーやサンドウィッチで、ナイフとフォークで食べるものじゃないよ」

「ああ、ハンバーガーならいいかな」

ホッとしたように森本が頷いたのを確認して、清水が愛を見る。

「お店も気取った感じじゃなくて本当にパリの街角にあるカフェって感じですよ。話をするのが躊躇われるほど静まり返っていることもなければ、声が聞こえないほどひどく騒がしいということもない、居心地は悪くないと思います」

「二人がよければ、私はどこでも。好きなものを頼んでね。奢るから」

「あ、やった。ハンバーガーにしてはちょっとお高めかな？　って価格設定なんで、奢っていただけるのはすごく嬉しいです！　ああ、でも安心してください。ランチの値段って考えたら普通ですよ。ドリンクとフライドポテトとセットで、千二百円から千五百円ぐらいです」

「へぇ、セットで七百円を超えるハンバーガーは食べたことないから、楽しみ」

二人と連れ立って、会社が入っているビルの大通りを挟んだ向かいにあるおしゃれなカフェ&バルへ。

ロッシーニ風バーガーや鴨のコンフィバーガー、フィッシュフライとラタトゥイユバーガーにブルーチーズバーガーなど、本当にフレンチをハンバーガーにしたようなメニューがおもしろい。

あれこれ話しながら注文し、出てきた料理を持って人の少ない奥の席を選んで座る。

「ええと、あんまり消化にいい話ではないんだけど……」

そう前置きしてから、愛はハンバーガーに舌鼓を打つ二人に話し出した。

自分は捨て子であること。十歳から施設で育ったこと。捨てられる前も、母親には何かと虐げられていて、いい思い出がないこと。

その母親の求めもあってだろう。西宮市から扶養援助の確認の書類が来たこと。

母親が自分の居場所を把握していながら、顔を見せることもせず、一言謝罪なり口にするでもなく、自分が苦しい時にだけ頼ってきたことがショックで、許せなくて、ここ最近、精神状態を大きく崩していたこと。

人間以外のモノが見えるという事実のみを除いて、ありのままに。

「正直、心の中はまだぐちゃぐちゃで何をどう判断していいかわからなくて……。どうしたらいいのか――どうするべきなのかはもちろん、自分がどうしたいのかすら、よくわからなくて」

考えれば考えるほど、わからなくなってしまう。

どうしたらいいのか。

どうするべきなのか。

自分はどうしたいのか――。

「援助なんてできませんでいいと思いますけど」

「え？　ひどくても親だよ？　見捨てていいの？」

きっぱりと言った森本に、清水が眉を寄せる。

「だってそれだけのことをしたじゃない。親子ってだけで、そこまで責任を負う必要はないよ」

「子供を見捨てる親と親を見捨てる子供は一緒だよ。ひどいことされたからって自分も同じことしていいの？　それじゃあ一緒のレベルになっちゃわない？」

「だからって、なんでこっちが譲ってあげなきゃいけないわけ？　理不尽だよ」

ここでも、二人の意見はまるで正反対だ。

だからこそ、二人に話を聞きたいと思ったのだけれど。誰かの意見に頷くのではなく、意見を聞いたうえで自分で決めたいと思ったから。

「お綺麗な意見だなぁ。じゃあ清水さんは、自分が同じ立場に立ったら、援助するってことだね？」

「しない」

清水がきっぱりと首を横に振る。

予想外の答えに、意見をぶつけ合わせていた森本はもちろん、愛も目を丸くした。

「しないんじゃん！　は!?　えっ!?　ちょっと待ってよ！　だったら、さっきまでの優等生ちゃんな意見はなんなわけ!?」

「私は割り切れるからいいんだよ。だけど、相良さんは違うと思う。精神状態を大きく崩したり、悩んだりしてるってことは、親への一定の情はあるってことだと思う」

「……！」

思いがけない言葉だったのだろう。森本が目を見開いて口を噤む。

「だから、見捨てたら見捨てたで傷つくし、苦しむと思うんだよね。それぐらいなら、どう足掻いたところで親なんだからってことで、援助したほうがいいってことだよ」

「つまり、自分を悪者にしないことで、守れる心があるってこと？」

「そう。これぞ因果応報だってすっぱり割り切って、知るもんかって無視することができないなら、道徳に従っておいたほうがいいんじゃないかってこと。そうすれば、少なくとも〝ああ、自分はなんて血も涙もない酷いヤツなんだ〟って落ち込んだり、傷ついたりすることはないわけで」

「へぇ……」

森本が納得した様子で、大きく頷く。

「なるほどね。それはわかるわ」

「でしょ？」

「それでも私は嫌だなぁ。理不尽を受け入れて毎月援助するのも、それはそれで自分のことを嫌いになりそう。私、なんで甘んじて受け入れちゃってんだよって」

「まぁ、それもわかるけど。冷酷な自分より、甘い自分のほうがまだよくない？」

森本が腕組みをして、うーんと考え込む。

「どっちもどっちじゃないかなぁ。仮に心は援助をしたほうがラクだったとしても、経済的負担は間違いなくそちらのほうがあるわけだから、結局どっちもしんどいはしんどいよ」

「そりゃそうだよ。どっちのしんどいを選ぶかって話でしょ」

「じゃあ、金を失わないほうがよくない？　心と経済的不安が同時に圧しかかるのは、絶対キツいって」

「は？　お金なんかより心のほうが大事でしょ。自分を嫌悪したまま生きていくのは、絶対につらいよ」

やっぱり、二人の意見は正反対だ。

しかし、間違いなくどちらも正しい。

「正解がいくつもあるって難しいね……」

アイスティーのストローを嚙みつつ言うと、二人が同時に肩をすくめる。

「本当ですよねぇ。すべてのことが、もっと白黒はっきりすればいいのに」

「生きづらいですねぇ。正解だけ選んでいけたら、もっとラクでしょうにね」

それぞれに思うところがあるのだろう。はぁ～っと深いため息をつく。

何においても正解が存在すれば——そしてそれを選んでいけたら、それほどラクなことはない。

しかしその人生ではきっと、深く傷ついたり、ひどい赤っ恥をかいたり、地の底にめり込むまで落ち込むことがないかわりに、人の心遣いに感動したり、優しい想いや熱い言葉に涙することもないのだろう。

正解がいくつもあるからこそ迷う。惑う。いつも手探りで、常に悩みながら選び、進んで行かねばならない。

だからこそ、それによって得られるものも大きいのだと——。

（それに、明確な線引きがない中で育まれる絆もある）

神だから、あやかしだから、人間だからという区別をしなかったからこそ、そして神として、あやかしとして、人間として正しいかどうかを気にしなかったからこそ、あの食卓は存在しえたのだ。

させないことが。

だからこそ必要なのだ。少なくとも愛にとっては。正反対の正解が。白黒はっきりと

「とりあえず、どんな道を選んでも、それが間違いだとか悪だってことはないからこそ、人の意見に流されずご自身で決断したほうがいいと思いますよ」

森本がコーヒーを飲み切って、言う。

「そうするつもりだから、私たち二人に話を聞こうって思ったんだと思いますけどね。私と清水さんの意見が合うことがないのは、よく知ってらっしゃるはずなんで」

「うん」

「だから、それぞれ自分の考えを言うばかりで、意見をすり合わせて結論を出そうとはしてませんけど、それでいいんですよね？」

「うん、結論はいらない」

そんなものがほしくて、相談をしたわけじゃない。

「森本さんの言うとおり、二人の〝正反対の正解〟が聞きたかったの」

そんな考え方もあるんだって知れるだけで、間違いなく視野は広がるから。

その視野で問題に取り組んで、自分なりの答えを出したかった。

そうじゃなきゃ、耀夜に会いに行く資格はないと思ったから。

「ありがとう。すごく参考になった。よく考えてみる」

「お役に立てたのならよかったです。早く解決しますように」

「早く心穏やかにすごせるようになることを、祈ってますね」

二人の気遣いに、胸が熱くなる。

ああ、人とのつきあいは、たしかに面倒だけれど、それ以上に尊い。

◇＊◇

星も闇の中で凍えているかのような夜――。北野天満宮。

すでに二十二時を回っている。紅葉の夜間ライトアップも二十時で終了して、楼門は固く閉ざされている。

「耀夜さま……」

門にそっと触れて、小さな声で呼びかける。

「耀夜さま、ごめんなさい」

こんな密やかな声では、普通は本殿の前の御神木のもとまで届くことはない。

けれど、耀夜は神さまだ。人の想いや願いをすくい上げてくださる存在だ。

それなら、届くかもしれない。

声ではなく、想いが。願いが。

「耀夜さま、どうか……」

許してほしい。不甲斐《ふがい》ない自分を。

許してほしい。酷い言葉を。

そして、どうか――。

「耀夜さま」

門に寄り添うように分厚い大扉に額をつけ、目を閉じて、一心に祈る。

「っ……会いたい……！」

会いたい。

会いたい。

耀夜に会いたい。

「耀夜さま……お願いっ……」

もう許してもらえなかったとしても、どうか最後に一目だけでも会いたい。

「耀夜さま」

涙が溢れそうになる。愛は歯を食い縛って、大扉に額をこすりつけた。

その時。

「――泣くな」

聞きたくてたまらなかった声が、すぐ横から聞こえる。

愛はビクッと身を震わせ、慌てて隣を見た。

「耀夜さま……！」

「お前に泣かれると、俺はどうしてよいやらわからなくなる」

大扉に背を預けてため息をつく耀夜は、今日も輝かんばかりに美しい。

複雑に結い上げた髪は涼やかな秋風に揺れ、同じく絹糸のような睫毛が紅梅の瞳に繊細な影を落とす。

抜けるように白い肌は闇夜にもかかわらず輝くようで、引き結ばれた唇は甘やか。

華やかな小袿にも負けない麗しの造形美に、思わず言葉を失う。

「謝る必要などない。愛。俺は怒ってなどいないから。お前は余裕がなかっただけだ。俺にぶつけた言葉は、余裕のなさから口をついて出ただけのもの。本当はそんなふうに思ってなどいない。そんなことは百も承知だ」

「耀夜さま……」

「謝らなくていい。だからというのも変だが、俺のほうこそ許してほしい」

何を？

愛はパチパチと目を瞬《しばたた》き、首を傾げた。

「耀夜さまは、謝らなきゃならないようなことはしていないでしょう？」

「いや、したんだ。あのあとな」

「あのあと……？」

もしかして、愛が酷い言葉をぶつけて追い出したあと？

「え？　でも、あのあとは耀夜さま、一度もうちには来ていなかったし、私とも顔を合わせていなかったし、謝るようなことなんて……」

「いや、したんだ。本当に。正直に告白するから、どうか怒らずに聞いてほしい。愛。聞いてくれるか？」

「も、もちろん」

思いがけない展開にはなったけれど、そもそもしっかり謝って、お互いに思う存分話をして、仲直りをするために来たのだ。耀夜の話を聞かないという選択肢はない。

「では、中で話そう」

「中って……」

耀夜がトントンと楼門の大扉を叩く。愛は慌てて首を横に振った。

「だ、駄目だよ。もう参拝時間は終わってるんだから、不法侵入は……」

「大丈夫だ。今、この向こうに広がっているのは、人の世の天神さんではない」

「え……？」

意味がわからず眉を寄せた愛に、耀夜が目を細めて笑う。

「愛よ。お前に、神々の天神さんを見せてやろう」

「か、神さまのための、北野天満宮？」

「そうだ。『幽世《かくりよ》』――神々やあやかしの住まう世界にある天神さんだ」

「………」

それは、人の世の北野天満宮以上に、入ってはいけない場所ではないのか。

ただの人間である自分が、侵していい場所とは思えない。

言葉を失う愛に、耀夜が「大丈夫だ。何も怖いことはない。目を閉じよ」と言う。

「人の目に触れぬ時間だけに現れるというだけ。神々のための天神さんということは、つまりは俺の庭だ。俺は天神さんの御神木なのだからな」

その言葉とともに、大きな手が愛の目もとをそっと塞ぐ。

愛は深呼吸を一つすると、耀夜に求められるまま目を閉じた。

と同時に、一陣の風が吹く。

「開けていいぞ」

耀夜の手の感触が去ると同時に、許可が下りる。

愛はゆっくりと目蓋《まぶた》を持ち上げた。

「っ……わぁ！」

景色は一変していた。

目の前に広がっていたのは、圧倒的な錦秋《きんしゅう》の世界。

何百本という赤やオレンジ、黄色に染まった紅葉が、光り輝いている。文字どおり、〝光り輝く〟だ。ライトアップされているのではなく木そのものが淡く発光していて、深い藍色の夜空に映え渡っている。

紙屋川には紅葉の綾が映り、朱塗りの鶯《うぐいす》橋も情緒たっぷりで、ため息がもれるほど美しい。

「ここが幽世のもみじ苑——御土居だな。美しかろう」

「う、うん……！　すごい……！」

絢爛《けんらん》豪華な、神さまの世界。

はじめて目にする美しく麗しい幽世に、言葉が出ない。

「さぁ、こちらへ。少し歩こう」

耀夜に手を引かれて、幽世のもみじ苑をそぞろ歩く。

これ以上はないと思えるほどの美しい綾錦《あやにしき》の世界にいて、それでも耀夜の麗しさはかすむことはない。耀夜も込みで、まさに絶景だった。

「……白状すると、俺は幼いころのお前を知っている」

「……！」

しばらくして、耀夜が思いがけないことを口にする。

予想だにしていなかった言葉に、愛は驚いて目を丸くした。

「私を？　え？　でも、私は……」

京都育ちではないけれど。

眉をひそめた愛に、しかし耀夜はきっぱりと言う。

「だが、天神さんには来ているぞ。一つ目女童ぐらいの年恰好のころだ」

「五歳か六歳ぐらいってこと？」

「ああ、母親に連れられてな」

覚えがない。

「お前の母親は、とんでもない数のお札やお守りを持っていた。天神さんでもお札やお守りを買って、ご祈禱《きとう》もしていたな。お前のだ」

「私の？」

「おそらくは、目だ」

その言葉にハッとする。

「私が、変なものを見ないように？」

「そういうことだろうな。京都の霊験あらたかな神社や、願いごとが叶うと有名な寺やパワースポットを片っ端から訪れている――そんな感じだった。御神木《俺》の前で、地図とガイドブックを見比べながら、『次はどこどこに行こう』だとか、『閉園時間までには必ずどこどこに行きたい』などとブツブツ言っていたからな」

「…………」

「それを待っていたお前は御神木の枝に座っていた俺に手を振って、顔色を変えた母親にこっぴどく叩かれていた。『アンタはまた……！』という悲鳴のような声とともに、何発も何発も。思わず、ほかの参拝者が止めるほどの剣幕だった」

その言葉に、思わず俯く。

北野天満宮に来たことは覚えていないけれど、その光景は目に浮かぶようだった。

たしかに、それこそ愛が覚えている〝日常〟だった。母親には見えない何かを見てしまったことで、ひどく折檻《せっかん》されることは。

「幼いお前は大泣きしていた。『ごめんなさい』『ごめんなさい、お母さん』と、何度も何度も謝っていた。震えながらな。あの時の声が、耳から離れない」

愛の手を握る耀夜のそれに、力がこもる。

「俺ならば、なんとかできたんだ。お前ごときの霊力を封じることなど簡単なことだ。しかし、少し気になったからといって軽率に人間に俺の力を及ぼしていいのだろうか。天神さんには、毎日ほかにも深刻な悩みを抱えた者が山ほど来ているのに、それは特別扱いではないのか。社に祀《まつ》られた神ではない、御神木の精でしかない俺が勝手に何かをしてしまっていいのか……」

「……耀夜さま……」

「娘が変なものを見ないようにという祈りが通じたところで、お前の母親はちゃんとお前を愛するだろうか。愛せない理由があったほうが、まだ救いになるのではないか。いろいろなことを考えて、俺は一度見て見ぬふりをしてしまった」

「……！」

瞬間、脳裏に閃《ひらめ》くものがあった。

『俺も、一度あることを見て見ぬふりをしてしまったことがある。それは、俺の心にひどいモヤモヤを残した。長いことな。だから俺は、二度としないと誓った』

（あれは、私のことだったの……？）

ヒラリと舞い落ちる紅葉の葉を捕まえて、耀夜が苦しげに目を細める。

「忘れられなかった。俺に無垢な笑顔を向けてくれた存在に、俺は何もしなかったんだ。俺なら、彼女の世界を変えられたのに」

「……耀夜さま……」

「月日が経って、再び俺の前に現れた彼女は、死んだような目をしていた」

耀夜が足を止め、愛を見つめる。

悲しげで、切なげで、苦しげな紅梅の瞳に、トクンと心臓が跳ねた。

「見えているはずなのに、俺にも、ほかのあやかしたちにも、まったく反応を示さず、かといって、普通の人間の中でうまくやっているようにも見えなかった。すべてを、何もかもを、拒絶しているようにしか見えなかった」

「……それは……」

「いつも死んだような目をしてポツンと独りでいるお前の姿に、ひどく胸が痛んだ。これが、見て見ぬふりをしてしまった結果だ。そう思うと——苦しかった」

「そ、そんな……」

愛は思わず耀夜を見つめたまま、首を横に振った。

「それは、耀夜さまのせいじゃ……」

「そうだな。俺がお前の霊力を封じていても、お前の母親はお前を捨てたかもしれない。ほかの要因で、お前はやはり人づきあいをしなくなっていたかもしれない。それはわからない」

耀夜が奥歯を噛み締め、愛の手を両手で包み、それを額に押し当てる。

「だが、俺はひどく後悔したんだ……」

「……耀夜さま……」

「だから、考えたんだ。必死でな。今のお前のために、俺に何ができるかと」

「……！」

その言葉に、思わず目を見開く。

もしかして。

「耀夜さま、ごはんをたかりに来たのは……」

「美味しい」を、「ありがとう」を、「ごちそうさま」を言ってくれたのは。

「一緒にごはんを食べたい」と言ってくれたのも。

何度やめてと言っても、あやかしたちを誘ってきたのは。

あの賑やかで温かい食卓を作ってくれたのは、愛のため――？

悩んでいる愛に、さまざまな助言をくれたのも。

上七軒に、同じ悩みを持つ人間がいると教えてくれたのも。

すべては、愛自身が捨ててきてしまったものを、取り戻すために。

「っ……」

涙が溢れた。

神の起こす〝奇跡〟が人を救うことはないからと、神としての力を使うのではなく、愛の傍に来て、愛と同じ目線で、愛を同じものを共有して——そうして時間をかけて、愛の中のわだかまりや、凝り固まってしまっていた視野や思考をほぐしてくれたのだ。

そして、誰かと一緒にいる心地よさを、その温かさを教えてくれた。

「耀夜、さま……」

たった一度見かけただけの少女のために、なんて優しい神さまだろう。

「泣くなよ。泣かせるためにやったんじゃない」

ホロホロと涙を零す愛をそっと抱き寄せて、耀夜がため息をつく。

「泣かれると、どうしたらいいかわからないと言ったろう？」

「泣くぐらい、させてくださいよ。こんなの、嬉しくないわけ……感動しないわけが、ないじゃないですか……」

広く、意外にも逞《たくま》しい胸に縋りついてぐずぐずと啜り泣きながら、思わず文句を垂れてしまう。

違うのに。こんなことが言いたいんじゃないのに。

嬉しくて、嬉しくて、たまらない。

にわかには信じられないほど、身体が震えてしまうほど、嬉しい。

たしかに、神の力は使っていないかもしれない。

それでも、愛にとっては間違いなく〝奇跡〟だと思う。

「神さまは、ちゃんと……人を幸せに、できますよ……」

神にできることなどわずかしかないと、嘆かないでほしい。

人間を幸せにできるのは人間だけだなんて、言わないでほしい。

そんなことはない。

耀夜のおかげで、自分がどれだけ変われたと思っているのか。

その変化のおかげで、自分がどれだけ救われたと思っているのか。

「耀夜さまは、人を幸せにできます……。だって私……今、幸せです……」

「愛……」

「ありがとう、ございます……。耀夜さま……」

返事の代わりに、大きな手が優しく愛の頭を撫でる。

「さて、白状するのはここからだ。約束だ。怒ってくれるなよ。いや、怒ってもいい。いいから、最後まで聞いてくれ」

「え……？」

愛は驚いて、涙で汚れた顔を上げた。

「い、今から？　じゃあ、今までのは？」

「あのあとにやったんだと言ったろう？　今までのは、もっと過去の話だ」

「あ……そっか……」

愛は指で涙を拭うと、大きく頷いた。

「約束ですからね、怒りません。ちゃんと全部聞きます」

「そうか。では、告白しよう」

耀夜は意を決したように息をつくと、愛の目をじぃっと覗き込んだ。

「お前の母親に会いに行った」

「ッ――――!?」

まったく予想だにしていなかった言葉に、思わず凍りつく。

愛は耀夜から身を離して、数歩後ずさり、その紅梅の双眸を呆然と見つめた。

「は……？　え……？　だって……」

愛の母親の居場所など、知らないだろう。

届いた書類にだって、愛の母親が住まう場所など書かれていない。

兵庫県西宮市から届いたことで、その制度上、西宮市在住だとわかるだけだ。

それだって、耀夜は理解していないのではなかったか。

「制度については、例の上七軒の娘とその雇い主に訊いた。あやつらは、すっかり俺のアドバイザーだな。今回も世話になった」

何も言わずとも、疑問に思うことなど決まっている。

言葉もない愛の意を汲んで、耀夜が説明してくれる。

「通知を出した街に住んでいる。それだけわかれば、あとは簡単だ。俺は過去に一度、お前たち親子を見ている。魂の色は記憶しているからな」

「魂の、色？」

ようやく絞り出せた言葉に、耀夜が「そうだ」と頷く。

「そもそも、お前があの時の子供だと見分けたのも、魂の色でだ。年月によって姿形は変われど、魂の色だけは生まれた時から死ぬまで変わらない」

「で、でも、西宮市と言っても、広い……」

「そこは俺とて神だ。人間にはできぬ方法がある。西宮市に、どれだけの木があると思っている？」

「木？」

「神社の御神木のような神さまと化した木々はもちろん、長きに渡って樹齢を重ねてあやかし化した木々とは普通に意思疎通がはかれる。普通の若木は無理だが、しかし何も宿らぬ若木なら、俺はその記憶を見ることができる」

「木々の、記憶を!?」

「そうだ。お前の母親の生活圏内にある木々は、必ずお前の母親の姿を記憶している。街路樹も、公園などの木々も、近くの家の庭木もだ。それを探して、辿るだけでいい。まぁ、それでも四日かかったがな」

「えっ!?　じゃあ、あのあとうちに来なかったのは、怒っていたからじゃなくて？」

「そうだ。お前の母親を探していた」

「…………」

あまりのことに、言葉が出ない。

耀夜はやはり神で、自分とはまったく違う存在なのだと思い知る。

「で、でも、探しても、耀夜さまは普通の人間には見えない……」

「そうだな。こちらが人間に化けでもして、見えるようにしなければ」

「えっ⁉　そ、そんなことできるんですか⁉」

「やったことはなかった！　しかし、あやかしになりたての低俗な狐やら狸やら猫やら蜘蛛やらにできて、高貴で美しいこの俺にできないことなどありえん！」

耀夜がドンと胸を叩いて、豪語する。

「狸とか猫とか蜘蛛とかって、もしかして……」

「麿は生まれたてだからまだ無理だが、狸は人に化けられるぞ。綾女の姿だってあれは化けた姿だ。男をひっかけ回している話をしていたろう？」

「あ、そういえば……。じゃあ、狐は？」

「上七軒にいる。九尾の狐だから、今や低俗なあやかしではないが……しかしそやつは野狐《やこ》だったころから人に化けることは得意としていたしな」

「やこ？」

「あやかしになりたてぐらいの狐のことだ。そこから長い年月をかけて、尾を増やして進化してゆく。九尾の狐は狐のあやかしの最終形だな。そこからは神の領域になる」

「お稲荷さんみたいなことですか？」

「そうだ」

耀夜は頷くと、一つ息をついて淡く光り輝く楓《かえで》の木を見上げた。

「話がずれたな。とにかく、俺は人として——代理人を名乗って、お前の母親に会って話を聞いたんだ、勝手なことをして悪かった。どうしても、確かめたいことがあって、我慢できなかったんだ」

「確かめたいこと？」

「そうだ。お前の母親は、本当にお前からの援助を望んでいるのかどうか」

「……！」

ドクンと、心臓が嫌な音を立てる。

愛は両手で胸もとを押さえて、下を向いた。

「そ、それは……」

「あの通知ではわからない。あれには、お前の母親の心情まで書かれていないからだ。お前が向き合うべきなのは、制度にではない。役所の人間にでもない。そうだろう？それは、母親自身の想いや願いあるべきだ」

「それは……そう、だけど……」

「怯《おび》えるな。お前にとって、母親自身の心を受け止めることがもっと難しいことなのはわかっている。だから、俺が確かめようと思ったんだ」

震える愛を抱き寄せて、大きな手でポンポンと背中を叩く。

「どういうつもりで、あの通知を出したのか。お前の母親の真意を」

「あ、あの人の……真意……」

「そうだ。――大丈夫だ。愛。怯えなくていい」

もう一度、愛の背中を優しく叩く。

愛はおずおずと耀夜の背に手を回して、身を震わせた。

「あの人……話してくれたんですか？　見ず知らずの相手に……」

代理人と言ったって、それを証明することなんてできないはずだ。

「最初はひどく胡散臭《うさんくさ》そうにしていたな。なにせ、俺はありえないほど美しいしな」

おどけたように言って。耀夜がまるであやすように愛の髪を撫でる。

その大きな手の優しさに、少しだけ気持ちが落ち着いてくる。

「だが、お前と懇意でなければ知ることができないであろうことをいくつか話したら、一応は信じてくれたぞ」

「私と親しくなければ、知ることができないこと？」

「そうだ。たとえば、幼いころに母親に連れられて、天神さんや願いごとが叶う系の霊験あらたかな社寺を巡ったこととか」

「……！」

思いがけない言葉に、耀夜の腕の中で身を捩《よじ》るようにしてその顔を見上げる。

「それ、私が話したんじゃないんですけど」

そもそも、そんなこと覚えてもいなかったのだけれど。

「だが、普通ならば、お前と母親以外は知りえないことだ。そうだろう？」

「それはそうですけど……」

「あとは、小さいころから蛙が好きで、蛙モチーフの物を結構持っているとか」

「えっ!?」

これにはさすがに驚いてしまう。そんなの話したことあっただろうか？

「な、なんで……」

「いや、それは確証があったわけではないがな、幼いころのお前は蛙のキャラクターのポシェットを肩掛けしていたし、今も鍵に蛙のマスコットをつけているだろう？」

「………」

よく見ている。

実は、そのとおりだった。耀夜が入ったことのない自室は、蛙がモチーフの雑貨で溢れている。

上七軒の『カフェ・フロッシュ』が好きなのも、京町家の雰囲気がドストライクで、最高に居心地がよくて、食べものや飲みものが美味しいからというだけではない。蛙をモチーフとしていることも、大きな要素の一つだったりする。

呆然と言葉を失う愛に、耀夜が優しく微笑む。

「それでなんとか信じてもらって、話を聞くことができた」

そして――愛を抱く腕に力を込めた。

「生活保護は、頼れる近親者がいないことが証明できないと下りないんだそうだ」

愛はビクッと身を震わせ、目を見開いた。

「えっ……？　そ、それじゃあ……？」

「援助をしてほしかったんじゃない。逆だ。きっぱりと断ってほしかったんだそうだ。母親だと思っていない。援助などするものかと。そうすれば、頼れる者がいないことが証明される。そうすれば生活保護が受けられ、独りで生きていけるから」

「……独り……」

「そうだ。独りだ。人生をやり直すつもりでお前を捨てたんだろうに、結婚もせず、子供も作らず、独りでいたそうだ。恋人がいたことはあったそうだが」

「…………」

愛を捨て、忘れ果てて、すべての責任を放棄して、苦労から逃れて、恥知らずにも自分だけ幸せになっているんだとばかり思っていたのに。

愛はギュッと目を瞑《つむ》ると、耀夜の胸に額を押しつけた。

「母親もお前と同じように傷ついていたんだ、なんて馬鹿なことを言うつもりはない。しかし少なくとも、お前を捨てた罪は、業は、自身の選択の責は、一生涯背負ってゆくつもりでいるようだぞ。それが、お前の救いになることはないが」

そのとおりだ。だからなんだと言ってやりたい。

怒りや悲しみ、さまざまな感情が胸内を吹き荒れて、身体がブルブルと震える。

「俺に対しても同情を引くような言い訳や、自分は悪くないという内容の自己弁護は微塵も口にしなかった。お前の目のこともだ。お前を悪《あ》しざまに言うこともなかった。本人に謝罪する気はないのかと尋ねたら、『謝罪をしてラクになるのは自分だけだ。それが愛の救いにはならない』ときっぱりと言い切った。『あれほど酷いことをした母親を許さなくてはいけないのは、きっととても苦しいはずだ』とな」

「っ……知ったような口を……」

「ああ、そうだな。しかし、お前の母親はお前に決して許されない酷いことをしたが、お前が思うほど恥知らずではなかった」

そう言って、なだめるように、愛の背中を優しく撫でさすった。

「だからといって許してやる必要などないぞ。恨んだままでいい。憎んだままでいい。母親の言うとおりだ。自分を捨てた母親なんかのためにもう苦しむな。あんな悲鳴を上げるように――泣くな」

「っ……耀夜さま……」

「母親につけられた傷を、後生大事に抱えてゆくことなんてない。忘れていいんだ。酷い過去など脱ぎ捨てて、お前は幸せになっていいんだ」

「……ふ、ぁっ……」

決壊する。一気に溢れ出したさまざまな感情が、愛を呑み込む。

美しい小袿に爪を立てて、愛はわぁわぁ泣いた。

「これ、で……最後に、するからっ……！」

母親のことで泣くのは。

捨てられた傷に囚われるのも。

愛や情など信じられないと、いらないと、意地を張るのも。

「ああ、そうだな。それがいい。今、ここで、すべて吐き出してしまえ」

頼もしい腕が愛をすっぽりと包み、大きな手が愛の背中を、頭を、優しく撫でる。

「ここは俺の庭だ。誰も見ていないから……」

耀夜の胸に縋り、子供のように泣きじゃくる。

優しい神さま。

きっと、その庭もとても優しいのだろう。

赤・オレンジ・黄の淡く光り輝く美しい葉が、まるで慰めようとするかのように、耀夜と愛のうえにはらはらと降り注いでいた。

◇*◇

「は？　ちょっと！」

数時間後――。耀夜に縋って泣きに泣いて、両目をパンパンに腫らしたあと。

耀夜に手を引かれて家に帰ってきた愛は、おくどさんの前であやかしたちが何やら作業をしているのを見て、目を丸くした。

「家の主がいないのに、勝手におくどさんに火を入れないでくださいよ！」

ピシャリと言うと、炭の処理をしていた綾女が、肩をすくめる。

「ほーら、怒られた。だから言ったじゃなぁい、耀夜さまぁ～」

「は？　耀夜さまの指示なんですか？」

隣の耀夜をギロッとにらみつけると、サッと目をそらす。このやろう。

「いつの間に？」

愛が今夜、北野天満宮を訪れることを耀夜が知っているはずもない。ということは、事前に計画していたことではないはずだ。

「お、お前を幽世に連れてゆく時に、綾女に使いを飛ばした……。こ、今回だけだ！　二度としないから、怒るな」

「本当に二度としないんですね？」

「しない！　約束する！」

よほど怒られたくないのか、青ざめたまま何度も首を縦に振る。

「それなら、許しますけど……」

瞬間、耀夜がひどくホッとした様子で息をついて、懐から襷《たすき》を取り出した。

そのまま袿を脱いでカミダイドコに置くと、サッと襷を締める。

「炊けているか？」

「蒸らしも終わったわよ〜。いや〜、おくどさんでごはん炊きなんて、いつ以来よ？　大正時代まではたまにやってたのを覚えてるけどぉ〜。久々すぎて楽しかったわ」

「そうか。では、やるか」

そう言って、耀夜がダイドコに入ってゆく。

（やるかって？）

いったいなんのことなのか、何が起きているのかもはかりかねて立ち尽くしていると、ナカノマにいた麿が駆け寄ってくる。

「チカ、チカ、こっち！」

「愛殿は、オクにどうぞ」

狸もやって来て、愛を促す。

「え？　オク？　でも、ごはんの用意をするんじゃ？」

「はい。そのとおりですが、用意は綾女と耀夜さまがなさるそうですから」

「えっ!?　耀夜さまが!?」

できるのだろうか。

「心配なんだけど……」

「でも、今日のチカは食べるだけ」

「そう。今日の愛は食べるだけ」

麿と一つ目女童が、ひどく楽しげに言う。

「そ、そう？　でも……」

「大丈夫よぅ。耀夜さまは、調理と呼べるようなことはしないから。だって、せっかくおくどさんで丁寧に炊いたごはんだもの。それだけで十分御馳走でしょう？」

綾女が笑顔で手を振って、ようやくホッとする。

「じゃあ、着替えてくるね？」

「はいはい。お待ちしておりますぞ」

一旦二階の自室に上がって、いつもの作務衣に着替える。

下りてゆくと――オクではすでに食事の準備が整っていた。

「わぁ！」

座卓の上には、お櫃に入った炊き立てごはんと、氷水が入ったボウル、昆布の水塩のボトル、お漬けものの盛り合わせ、人数分のお味噌汁と玉子焼きが。

そしてお櫃の前には、手をピカピカに洗った耀夜がスタンバイしている。

「これ、みんなが？」

「作ったのかって訊いてるなら、違うわよ。玉子焼きはテイクアウト、お漬けものは市販品を買って来て盛っただけ。作ったのは、お味噌汁とごはんだけ～」

「添えものには十分だ。――さぁ、やるぞ」

愛が耀夜の向かいに座ったのを見計らって、耀夜がパンと手を打つ。

そして、その手を氷水につけてしっかり冷やしてから、水気をペーパーでしっかりと拭き取る。そこに、綾女が昆布の水塩をスプレーして、しゃもじでほかほかのごはんをすくって載せる。

「おお、結構熱いな」

「大丈夫？　耀夜さま」

「もちろん、大丈夫だ」

頷きながら、耀夜が手早く、意外にも器用に、おむすびを結ぶ。形も綺麗だ。

「ほほ？　これは意外や意外、上手いもんですなぁ」

「そうね～。こんなこともできたのねぇ。耀夜さま」

「耀夜さま、すごーい！」

「耀夜さま、すごーい！」

「ははは。そうだろう。そうだろう。もっと褒め讃えよ」

一つ目女童や豆腐小僧にも褒められて、耀夜がおむすびを結びながら胸を張る。

次々と皿の上に量産されていく塩むすびに、ごくりと喉が鳴る。

「おむすび、美味しそう……」

「御《おん》むすび、だな。神さまが結んだおむすびなのだから。存分に崇《あが》め奉《たてまつ》るがよい」

　遥かなる高みからの発言に眉をひそめるも、たしかに神さまが結んだおむすびなど、そう食べられるものではない。

「御むすび、ね」

「そうだぞ。神さまの御むすびだ」

　そんなことを言いながら頭数分結び終えると、綾女が傍らに用意してあった小鉢を、お櫃の中に残っているごはんに混ぜ込む。

「それは？」

「めんつゆに浸した天かすと青のりよ」

「あ、いわゆる『たぬきにぎり』ってやつですか？　実は食べたことなくて」

「たぬきの、ではなく、神さまの、だがな」

　その混ぜごはんも、耀夜がテキパキと結んでゆく。

「飲食店で注文して――じゃなくて、誰かが結んでくれたおむすびを食べるのっていつ以来だろう？」

　もう覚えてもいない。

「いいわよねぇ。おむすびって、温かくて」

「そうですね……」

それこそ、温かい家庭で食べられるものというイメージだ。

「小さなころは、それこそ憧れでしたね。家庭の味って感じで」

「そう？　じゃあ、これからはいつでも食べられるから、よかったわね」

最後のごはんの塊を耀夜の手の上に置いて、綾女がにっこりと笑う。

「だって、〝温かい家庭〟はもうここにあるじゃない？」

「……！」

思いがけない言葉だった。

思わずポカンとして、綾女を見つめる。

「温かい、家庭……？」

「ええ。もちろん血は繋がってないし、それどころか種族まで違うけどね。神さまに人間にあやかしだもの。あやかしでもバラバラだわ。それでも、こんなにも賑やかで楽しい団欒の時をともにすごしているのよ？」

耀夜が最後の一つを結び終えて、それをそっと皿に置く。

「それって立派に、温かい家庭って言っていいと思わなぁい？」

「っ……」

その言葉に、心臓が大きな音を立てて跳ねる。

苦しいほど胸が締めつけられて、体温が上がる。

「温かい家庭……団欒……」

それは、子供のころにずっとほしくてたまらなかったものだ。

でも、どんなに願っても手に入らないから、いつしか「そんなものはいらない」とつまらない意地を張るようになっていた。

独りがラクだと。一人でいたいと。

そんなはずはないのに。

「では、その〝家庭の味〟を楽しむとしようではないか」

布巾で手を拭った耀夜が微笑み、その手をしっかりと合わせる。

みなもそれに倣い――愛も慌てて手を合わせた。

「いただきます」

「「いただきます」」

ぴったりと揃ったみなの声に、さらに身体が熱くなる。

思わず涙が溢れそうになって、愛は慌てて俯いた。

（ああ、これが恋しかった……）

一人きりの食事は、寂しくてたまらなかった。

たった数日のことなのに、食事の時間が嫌になってしまうほどに。

最初は煩《わずら》わしくてたまらなかったのに、いつの間にやらこの賑やかさが、温かさが、手放せなくなっていた。

取り戻せたことに、心から安堵する。

もう少しで、また失ってしまうところだった。

「愛？　せっかくの御むすびよ？　冷めないうちに食べましょ」

涙を堪える愛に、綾女が優しく声をかけてくれる。

「そうですぞ。愛殿。なかなか美味いですぞ」

「オイシイよー。愛のゴハンと同じぐらい」

「当たり前だ。誰が握ったと思っているんだ」

なんだか自慢げに言って、耀夜が襷を外しながら、「こら、愛よ」と愛をにらむ。

「泣くなよ？　すでに目蓋がパンパンに腫れているんだからな？　それ以上腫れたら、明日は会社に行ける顔じゃなくなるぞ。目も当てられない不細工になるぞ」

「ストレートな悪口……」

毎度思うけれど、ほかに言い方はないのだろうか。

しかしそのおかげで、涙も引っ込む。

「泣きませんよ。泣いてたら、せっかくの御馳走が楽しめませんもん」

「そのとおりだ。しかも今日の御馳走は神さまの御むすびだぞ。お残しは許さん」

「っ……うん……」

綺麗に結ばれた塩むすびに手を伸ばす。

口に入れると、ほろりとほどける。力加減は絶妙だ。塩加減もいい。

とても美味しくて、そして温かくて、優しくて、じんわりと心に沁みる。

「美味しい……」

「そうか。それはよかった」

しみじみと呟くと、耀夜が満足げに微笑む。

そこそこの大きさだったけれど、ペロリと食べられてしまう。

続いて、神さまの御むすび（混ぜごはんバージョン）を手に取る。

「……！　美味しい……！」

思わず目を丸くして、手の中の御むすびを見る。

天かすのサクサク食感と、ほどよい油分、めんつゆのしっかりした味わいの中にも
しっかりと感じる青のりの磯の香り。――なるほど。やみつきになるのもわかる。

「玉子焼きも悪くはありませんが、やっぱり愛殿のそれのほうが美味ですなぁ」

「そうねぇ〜。お漬けもののもいいお値段するだけあって美味しいけれど、やっぱり愛が漬けたものがいいわねぇ。全然違うわぁ〜」

「愛のごはんが、一番オイシイー」

「チカのごはん、まろ、大好き！」

「……みんな……」

その言葉が、何よりもうれしい。

「ありがとう。また明日から食べに来てね。美味しいもの作って待ってるから」

「もちろんよ。ああん、ここ数日、本当に寂しかったのよ〜？」

綾女が愛をぎゅうっと抱き締める。

「わ、ワタシも！　寂しかった！」

「まろも！　まろも！　チカ、会いたかった！」

一つ目女童も反対側にくっついてきて、麿も膝に飛び乗ってくる。

「こらこら、食事の途中だろうに。行儀悪いぞ。お前たち」

相変わらず見惚れるほど美しい所作で御むすびを食べながら、耀夜が肩をすくめる。

「もっとありがたがって食さんか」

「ごめ〜ん。耀夜さま。神さまの御むすびよりも愛だわ〜。愛不足だったもの〜。耀夜さまはここに来るまでに愛不足を解消したんでしょうけど、私たちはまだだもの。愛が足りてないの〜。補充させて〜」

「ウン。愛が足りてない。ゴハンより、まず愛」

「まろ、チカナイナイだった。チカも、まろナイナイだった。だから、チカにまろ、いっぱいあげるね？」

「ふふ。ありがとう」

綾女によりかかり、女童を撫で、麿を抱き締める。

麿の言うとおり、綾女たちも愛不足だったかもしれないが、愛もみなに飢えていた。

ワイワイガヤガヤ――この賑やかな団欒に、餓えていた。

「愛殿に調子が戻られて、安堵いたしましたぞ」

「心配をかけました」

狸にペコリと頭を下げて、耀夜に視線を移す。

愛は耀夜をまっすぐに見つめて、にっこりと笑った。

「耀夜さま、ありがとう！」

屈託のない晴れやかで華やかな笑顔に、耀夜は目を瞠《みは》る。

しかし、すぐにその紅梅の目を優しく細めた。

「――そうだ。それでいい。俺はそれが見たかったんだ」

ひどく、満足げに。

「笑っていろ。愛よ。お前は笑顔が似合う」

◇＊◇

翌朝、すっきりと目覚めた愛は、出勤前に北野天満宮へと向かった。

「耀夜さま、おはようございます」

楼門は開いているため中に入れるが、社務所・授与所はまだ開く時間ではないため、本殿前は人が少ない。

だから、声に出して挨拶する。

「おはよう。おお、良かったな。愛。まだ見られる顔じゃないか」

「はい、安定の残念発言、恐れ入ります。腫れが残らなくてよかったって言いたいんでしょうけど、それもなかなかの悪口ですよ」

御神木の細い枝に座る耀夜をにらみつけて、そっと肩をすくめる。

「耀夜さま。私、援助は断ろうと思います」

「そうか。お前がそう決めたのなら、それでいい」

「だけど、一度会いに行ってみようと思うんです」

思いがけない言葉だったのか、耀夜が目を見開く。

「なので、ついてきてもらえませんか？　その、『代理人』として？」

「それは構わんが……大丈夫なのか？」

「わかりません……」

さまざまなトラウマがよみがえって、苦しむかもしれない。

さらに怒りを覚えたり、幻滅したりして、傷を増やす結果になるかもしれない。

それでも――。

「でも私、耀夜さまのおかげで、心を通わせることの尊さを知ったんです」

それがもたらす喜びの大きさも。

それじゃあ、駄目だ。

「拒絶しているだけじゃ駄目だと思って。それじゃ、いつまで経っても前に進めない」

それじゃあ、ほしいものは手に入らない。

愛はまっすぐに耀夜を見つめると、にっこりと笑って宣言した。

「私、幸せになりたいです。そのためにも、頑張ってみようと思うんです」

「そうか……」

耀夜が紅梅の目を細めて、満足げに笑う。

「それでいい。——励めよ。愛」

「はい！」


もちろん、生きづらい世の中だ。

挑戦が上手くいくことのほうが少ないだろう。

でも、何もしないままじゃ、幸せになることなんてできないから。

悩みながら、苦しみながら、時には泣きながらでもいい。

諦めず、投げ出さず、誰かとかかわって、誰かとともに生きてゆく——。

「じゃあ、耀夜さま、いってきます！　また夜に！」

「ああ、頑張ってこい」

耀夜がヒラヒラと手を振る。

愛は手を振り返して、元気よく駆け出した。

まっすぐに前を見つめて。
輝かんばかりの真白な未来に向かって。

あとがき

はじめまして、あるいはおひさしぶりです。烏丸紫明です。

このたびは『天神さまの突撃モノノケ晩ごはん』を手に取っていただき、ありがとうございます。楽しんでいただけましたでしょうか。


このお話は、前作『京都上七軒あやかしシェアハウス』と地続きになっておりまして、そちらで登場したキャラクターもたくさん登場します。

表紙にはいたけれど本文中では登場がなかったあの子や、読者を感動させていながら台詞がなかったあの子、可愛さが増したモフモフや、ついに笑えるようになった彼も。

もちろん、前作を読んでいなくても大丈夫ですが、読んでいるとより楽しめる内容となっているはずです。本作を気に入っていただけましたら、よろしければ前作のほうもお手に取っていただけますと、烏丸が泣いて喜びます。

相も変わらず、『不完全な存在』を書かせていただいております。

みなが不完全だからこそ、一緒にいようと思う。ともにすごす時間を温かいと感じる。

そんな——不完全な心にこそ優しく響く物語になっていたらいいなぁと思います。

それでは、謝意を。

イラストはななミツ先生に描いていただけました！　実は烏丸、大ファンなんです！

本当に素晴らしいイラストをありがとうございます！

細やかな指摘と心配りで、烏丸を支え——導いてくださった担当さま、本が出るまで尽力してくださった編集部のみなさま、デザイナーさま、校閲さま、営業さま。そして、この本を並べてくださる書店さま、本当にありがとうございます！

そして、支えてくれる家族と友人にも、心からの感謝を！

何より、この本を手に取ってくださったみなさまに、最大級の感謝を捧げます！


それではまた、みなさまにお目にかかれることを信じて。

二〇二〇年　十月
烏丸紫明

この物語はフィクションです。
実在の人物、団体等とは一切関係がありません。
本作は、書き下ろしです。

■参考文献
『京の町家案内　暮らしと意匠の美』淡交社編集局（淡交社）
『京町家―スローライフに学ぶ生活術』（淡交社）
『クタクタでも速攻でつくれる！　バズレシピ 太らないおかず編』リュウジ（扶桑社）

■取材協力
きっさこ和束　https://kissako-wazuka.jimdo.com/

烏丸紫明先生へのファンレターの宛先

〒101-0003　東京都千代田区一ツ橋2-6-3　一ツ橋ビル2F
マイナビ出版　ファン文庫編集部
「烏丸紫明先生」係

Fan
ファン文庫

天神さまの突撃モノノケ晩ごはん

2020年10月20日　初版第1刷発行

著　者　烏丸紫明
発行者　滝口直樹
編　集　山田香織（株式会社マイナビ出版）
発行所　株式会社マイナビ出版
〒101-0003　東京都千代田区一ツ橋2丁目6番3号　一ツ橋ビル2F
TEL　0480-38-6872（注文専用ダイヤル）
TEL　03-3556-2731（販売部）
TEL　03-3556-2735（編集部）
URL　https://book.mynavi.jp/

イラスト　ななミツ
装　幀　山内富江＋ベイブリッジ・スタジオ
フォーマット　ベイブリッジ・スタジオ
DTP　富宗治
校　正　株式会社鷗来堂
印刷・製本　中央精版印刷株式会社

 ISBN978-4-8399-7408-4
Printed in Japan

ファン文庫

京都上七軒 あやかしシェアハウス

京都の上七軒にある不思議なシェアハウス
人間とあやかしの温かな人情物語。

一か月前、祖母のお墓参りに行った時から、突然『人ではないもの』が見えるようになってしまった琴子。ある日買い物に出かけた先で出会った伊織の誘いで、あやかしと人間の共存を支援するシェアハウスで働くことに。

著者／烏丸紫明
イラスト／しきみ

Fan
ファン文庫

神様の用心棒
うさぎは玄夜に跳ねる

著者／霜月りつ
イラスト／アオジマイコ

発売直後に重版の人気作！
和風人情ファンタジー待望の第二弾！

時は明治——北海道の函館山の中腹にある『宇佐伎神社』。戦で命を落とした兎月は修行のため日々参拝客の願いを叶えている。そんなある日、母の病の治癒を願うために女性がやってきたが…。

Fan
ファン文庫

芦屋ことだま幻想譚

ファン文庫大人気シリーズ『神様のごちそう』
の著者が贈る、現代ダークファンタジー開幕！

ハウスキーパーの北村茜は、芦屋にある大きな日本家屋の家に派遣された。そこに住んでいるのは変わりもの小説家・蘇芳望だった。彼は副業で警察から何かしら依頼を受けているようで…？

著者／石田空
イラスト／縞